大話山海經

—— 顫抖神箭 ——

郭箏

目次

推薦

顛覆想像的東方混種小說

膝關節

實不相瞞，好久沒有讀武俠小說，喔，不對，我讀的不是傳統武俠小說，是武俠＋奇幻＋野史／歷史小說，很難用簡單話語形容《大話山海經》這樣的變種文本。而且短短兩個晚上的閱讀過程全神貫注，就讓我好生美夢的，帶了故事中幾個角色到夢境裡攪和熱鬧了幾番。

精靈妖怪們的身影，歷歷在目的從書本踏入幻覺之中，別擔心，都是有趣的，全因為這書裡幾個精怪特別可愛，如可以三段式變身的櫻桃妖。

本書作者郭箏可是影視圈大前輩（賣座電影《赤壁》、知名電視劇《施公奇案》編劇），十多年不動筆寫小說，一動筆就是火力全開，挑戰難度極高的武俠奇幻類型。而且，不寫則已，一寫就是驚人的七部曲創作。此等澎湃靈感，如同高師到此傳授獨門心法，就看我們這些資質駑鈍的凡人們，可以領教體會幾成。

我知道讀者會有什麼疑問。一定要讀完七冊嗎？我可以跳著看嗎？我該讀哪一冊呢？

倒過來讀，從第七冊讀回第一冊，是可以的嗎？這問題容我後面慢慢回答。

當代創作者很少會一口氣寫完七冊，事實上過往喜歡邊寫邊出版的也不在少數。早期的作者可能會寫完巨作才找出版社，但現在比較少如此了。從某個面向來說，書跟電影一樣，都是產品，這次出版社要接龍式地，分波出版《大話山海經》七冊小說，無疑是另一場陪著作者下的高風險投資，相信原因無他，因爲郭箏的史詩創作擺到現在文學出版上，絕對是洛陽珍品。

七冊小說建構出來的奇幻武俠宇宙，到底有沒有比漫威宇宙還驚喜呢？其實能完整設定完七冊小說的架構，並且順利編派情節軸線，這就不是簡單的靈感湧現而已。《大話山海經》系列小說堪稱是東方版的《魔戒》＋《哈利波特》，融合我們習慣的武俠森林，七冊既可以分別閱讀，當然更有本事的讀者能七冊貫通，讀出千年經典《山海經》所蘊藏的種種妖仙鬼怪跟俠義人士大鬥法的樂趣。

《山海經》可以說是華人世界中許多奇幻創作的起點，舉凡我們從小就耳熟能詳的：夸父追日、女媧補天、后羿射日、黃帝大戰蚩尤，以及大禹治水等。這些你我都熟悉的兒時記憶，幾乎人人都能說上幾句。但，眞的是說上幾句後就結束了。

郭箏把這些孩提記憶公約數擴增成篇幅相當遼闊的系列故事。例如第二冊《大話山海經：顫抖神箭》，寫的是后羿射日。后羿是如何射下九個太陽呢？他靠的是天生神力？還是奇弓響箭呢？等等，眞有后羿此人嗎？其間有幾分鄉野傳說、幾分眞實可靠歷史呢？第二部既然書名就叫《大話山海經：顫抖神箭》，想必跟這曠野兵器有所關聯。

但，趣味就在這了。其實我剛開始讀的時候完全沒注意第二冊標題叫啥，一路讀到接近中段時，書名上的主角才隱約現身，而且故事情節還逆轉大爆炸，不得不說，郭箏大概也懂這些年讀者觀眾對影視作品的口味愈來愈重。

《大話山海經：顫抖神箭》的結局可眞是讓人始料未及，而且神箭是怎麼個顫抖法？讀到這段眞是忍不住嘖嘖稱奇，郭箏到底是如何想像出這麼詭異的一招斃命手法？而且若眞拍成電影，這段情節怎麼百分百轉化成影像而不會讓人匪夷所思，還能帶點荒謬與震撼？

先賣個關子，別急著翻到最後二十頁，你得配合故事眾多角色們的怪奇發展，才能循序漸進，一步一步走入這些角色們的心路歷程，直到最後翻牌的ＡＣＥ對決，才驚覺：原來是這樣的呀。

初來乍到，剛開始讀的時候還對出場人物有幾分陌生，率先登場的主角文載道居然是個過目即忘的書呆子，這樣怪異的設定怎麼會是江南二大才子？且話說不都是江南四大才子，《大話山海經》少了兩大，熟悉周星馳電影的讀者可能會說那唐伯虎在哪？

郭箏賦與江南二大才子的形象眞是非常噴飯，一個是沒記性的白癡就算了，另一個居然還是個殭屍？整個莫名其妙天馬行空到了極點。

還有「第五公子」這種怪封號，因爲該角色俞媄至臉龐俊美，宛若白玉雕琢般，我在閱讀的時候，不知道爲何總想起希臘那些神話雕像。這位第五公子有裡有外，俊美身形與清亮嗓音，加上足智多謀，這個角色在之後幾冊應會帶給讀者觀眾無限想像力。

《大話山海經》這系列小說有個饒富趣味的閱讀角度，我們慣常認定的主角，在這齣戲裡似乎不見得成立。故事以多角色同時進行，這一章的配角，可能是下一大段落的主角。我們印象中的俠士劍客，習以爲常的瀟灑型男，未必等同大力神人，所謂的命定主角，在這故事裡不斷被翻轉重洗，顚覆我們過往既定角度。反之亦然，你以爲的惡霸蛇蠍，未必只是那麼單薄的一面見解。

《大話山海經》是近年難得一見的混種小說。既有你我熟悉的傳統神話元素，也有幾個角色是從歷史人物後代添加想像力而生；以武俠當骨幹，能見郭箏的筆鋒文采，遣詞用字雕琢講究，赫見角色精、氣、神；動作感飽滿，似如一幅幅緩慢的山水潑墨畫，動靜之間，就能立刻換頻，切換成速度感十足的飆速影像。

提醒一下，雖然出場角色人物眾多，剛開始可能還會有點混淆，別擔心，很快你就會被這些角色莫名其妙的怪招所折服。對，我說的就是姜無際，一位好色的神捕，絕招是「你絕對抓不住他」。鬼魅般的虛實身手，他是人嗎？拜託出版社，快點給我後面幾冊讀讀！

・滕關節：影評人，專欄作家。曾任報社記者多年，目前從事電影工作。著有《這不是一部愛情電影》、《大人的戀愛》等。

自序

神與妖的人間喜劇

《山海經》，知道的人多，讀過的人少。

如今只要是有點神話色彩的故事，都會被冠上「出自《山海經》」。

嫦娥、盤古、青龍、白虎等等等等，一大堆並不出自於《山海經》的野孩子在臺上搔首弄姿；至於那三、四百個親生兒女，武羅、帝江、長乘、勃皇等等等等，反而被人遺忘了。

那些被遺忘的嫡子落難於何方？

一向喜歡收留各路神明的道教，只收留了女媧、祝融、后羿，以及經過整容變造的西王母。

其他的呢？爲何沒進收容所？

他們在商、周時代應該是被人廣泛崇拜過的，否則不會留下歷史紀錄。

他們的消失是個謎，好像還沒有人能夠找到答案。

我寫《大話山海經》，非關學術，也無意替崑崙眾神翻案，只是小說。

這一系列小說用的是比較少見的方式，不屬於《哈利波特》、《三劍客》的大河連續式，也不屬於「福爾摩斯」、「楚留香」的單元連續式。

我用的是類似巴爾札克的《人間喜劇》式。

整套小說分成七冊，每一冊都是獨立的故事，主角、配角都不一樣，但他們都會在各冊之中穿梭來去，沒有「領銜主演」、「客串演出」之分。A是第一冊的主角，在第二、三、四冊裡可能變成了配角；一、二、三、四冊中無足輕重的小配角，讀者卻赫然發現他是第五冊的主角，如此或更像眞實人生，小配角終有一天會成爲大主角。

我希望讀者不要被出版的先後次序所迷惑，因爲各個故事互不干犯，順著看是一種感受，跳著看或倒著看可能會是另外一種感受。

能讓大家獲得一些新的閱讀經驗，就算完成了我小小的心願。

主要角色簡介

文載道　少年時曾與同鄉顧寒袖並稱爲「江南二大才子」。不小心摔了一跤，把腦袋撞壞了，從此過目即忘。

梳　雲　高麗國王王誦的妹妹。濃眉大眼，紅玉般嘴唇配著白玉般牙齒。性情爽朗仗義。嗜酒如命，志業是喝遍天下美酒。

呂宗布　本名呂財盛，乃并州呂家村人。劍眉星目，鼻樑挺拔，掩不住一身傲氣。出身王屋派，手持太阿雙劍，人稱「劍神」。

項宗羽　本名項財旺，乃項羽後代。外貌溫文，實是打遍天下無敵手的「劍王之王」，手持湛盧劍。項家莊慘遭滅門後，以追殺惡賊爲畢生職志。

莫奈何　個性憨厚傻氣的小道士。鍾情於梅如是。曾與櫻桃妖等人征妖除魔。後陰錯陽差成爲夏國國師，身擁大夏龍雀刀。

櫻桃妖　七千年道行。本相是身長六寸的小紅人兒，可以化爲小丫頭、少婦與粗壯大娘三種人形。覬覦莫奈何童男元陽，一人一妖因朝夕相處而心生微妙情感。

梅如是　美女鑄劍師。外表柔弱，性情堅韌。自幼學習鑄劍，對兵器瞭如指掌，

被視爲莫邪再世。與表哥顧寒袖自小訂有婚約。

顧寒袖　熟讀四書五經的著名才子。然時運不濟，進京赴試意外落第。曾出賣靈魂給惡魔，經崑崙之丘一役才重回人類氣息形貌。

劉　娥　當今後宮最有權力的嬪妃，位同皇后。曾在街頭擊鼓唱曲爲生。

趙百合　夏國公主。聲如洪鐘。傾慕中原文化，立誓非中原郎不嫁。

姜無際　洛陽城總捕頭，號稱「天下第一神捕」。
好女色，臉龐英俊卻時而透露著古怪的滄桑神情。

翻山豹　讓人膽寒的強盜頭子。豹頭環眼，一身兇神惡煞之氣。爲「中原五兇」之一。

俞啖至　白冠白袍白履，臉龐像是白玉琢磨出來的。號稱「第五公子」。
廣結天下豪傑，門下食客三千。

程宗咬　本名程財興，先祖是唐初程咬金。從小稟賦愚鈍，後無師自通。
鬚髮花白，黃牙零落，身軀矮小。手提爛木棍，人稱「劍怪」。

芝麻李　浣熊妖。手指異常靈活。在崑崙之丘一役被斷去左臂，僥倖逃得了性命。

黎　翠　西王母在人間第三百零五代嫡傳弟子。一頭亂髮，滿面皺紋，眼神充滿憎惡。

黎　青　與妹妹黎翠同爲西王母嫡傳弟子。嗜吃甜食，異常肥胖。飛針劫穴奇準無比。

洛陽有三景：四月牡丹花季、六月拳門大會、天下第一樂師演奏。
新添第四景：鬧妖怪的進財大酒樓。

洛陽又堵轎了。

四月才剛過一半，洛陽的延慶門大街就已經堵了兩百六十一次轎，看來今年勢必會打破去年一整年堵了九百零三次的紀錄！

幾百頂轎子與驢車、騾車、手推車，不分往南、往北的擠在一起，連帶使得相關的街道也全都堵成一團。

大堵轎

時當「宋眞宗大中祥符二年」。

文載道一大清早就起了床，要去「洛陽第一名醫」嚴洛王的醫館看病，本來還挺順暢的，但隨著時辰愈晚，就愈走愈堵，竟至於根本走不動了。

文載道倒也不急躁，掀開窗簾，悠哉的望著外面。

前後兩名轎夫早把轎子放下了。前面的名喚老扁的轎夫擦了把汗，搭訕著：「文公子，你眞是我碰見過最有耐性的人，從來也不抱怨。」

「抱怨？」文載道微微一怔。「抱怨什麼？」

「昨天也是我們抬你的。昨天堵了兩個時辰，今天又堵，就沒聽你吐出半句惡言。」

「是嗎？」文載道傻笑。『昨天也堵？也是你們抬我的啊？』

後頭的轎夫小歪湊到老扁身邊，悄聲道：「聽說這文公子兩年前摔了一跤，摔壞了腦袋，記性很差，所以昨天的事情，他恐怕早就忘了。」

老扁恍然：「怪不得要去醫館看病。」

這時，旁邊的轎子窗簾一掀，露出一張絕美的臉龐。她年約四十左右，頭戴翠玉釵，身穿一襲淡綠色的夏衣，雍容華貴，氣質高雅。

「請問公子是本地人嗎？」

文載道搖搖頭：「我本籍……我本籍……」忙從懷裡掏出一冊小本子翻了翻。「哦，我是武進縣人。」

老扁悄聲道：「他這腦袋大概醫不好了。」

小歪悄聲道：「沒這麼糟啦，最起碼他還記得自己有本小冊子。」

中年美婦抿嘴一笑：「公子來洛陽多久了？」

「呃……這問題有點……」文載道掐了幾下手指頭，但覺得沒用，便放棄了，爲難的搔著頭皮。「我忘了什麼時候來的？」

中年美婦又淺淺一笑：「我難得出一趟遠門，不想竟被堵在這兒，我們又偏偏堵在一起，也算是有緣了。」

老扁見她的態度和藹親切，便諂笑著鞠了一躬，道：「夫人貴姓？」

「我名叫劉娥。」

「打哪兒來？」

「東京開封。」

「來洛陽看牡丹？」

「是啊，洛陽有三景，不來看看，虛度此生。」

老扁，小歪都是一楞：「洛陽只有兩景——四月的牡丹花季和六月的拳鬥大會，哪來的第三景？」

中年美婦劉娥微一蹙眉：「不是還有『天下第一樂師』的演奏嗎？」

老扁頗爲意外：「崔吹風那小子已經這麼出名了啊？他來洛陽還不到三個月，名聲居然就已經傳到東京去了！」

小歪一驚：「夫人別是想要投宿『進財大酒樓』吧？」

文載道皺眉道：「進財大酒樓？好像在哪兒聽過？」

老扁、小歪一起乾咳一聲：「文公子，您就住在進財大酒樓啊。」

「是哦？怪不得聽著就覺得耳熟。」文載道傻笑。

劉娥追問：「那家酒樓有什麼不好嗎？」

老扁、小歪壓低音量：「那兒兩個多月前才鬧過妖怪，還死了三個旅客呢！」

「好可怕！」劉娥驚嚇的用雙手摀住心窩，睜大春水般的雙瞳。「那可一定要去住住看！」

「唉喲，這世道……怎麼人家全都這麼想？自從發生了鬧妖怪那件事情之後，進財大酒樓天天客滿！」老扁大搖其頭。「夫人，您預先訂好房了吧？」

「當然。」劉娥笑道。「它已經快要變成洛陽第四景啦！」

奪命大酒樓

文載道醫館也不去了，陪著劉娥回到酒樓，可又花了一個時辰。

一進大廳，就見裡面塞滿了客人，一個名叫張小衰的店小二站在最前方，正口沫橫飛的敘述自己兩個多月前碰到妖怪的過程：「那天晚上恐怖的咧！我值班，睡在樓下，到了半夜，忽然聽見二樓走廊咚隆咚隆的響，奇怪了，什麼事兒呢？我就走了上去，看見一個讀書相公模樣的人四肢著地的趴在地下跳來跳去，像在抓老鼠。」

眾賓客全都仰起頭，看向二樓走廊。「你說的是在哪兒？」

「大家隨我來。」

張小衰帶著大家走上樓梯，劉娥一拉文載道：「我們也去看看。」

眾人上到二樓，張小衰走了幾步，指著前方：「就在那兒！他就趴在那兒抓老鼠。我就問他說：『客倌，您在幹什麼呀？』豈知他馬上就站起身子，朝我走了過來……」

大家都嚇了一跳，趕緊往旁邊躲，生怕那讀書相公現在又出現，把自己給吃了。

張小衰道：「這相公姓顧，本來看起來挺正常的，不料到了晚上卻變了臉……」

劉娥顫抖著問：「他變成了什麼樣子？」

「一張臉青得跟夫人身上的衣裳一樣，眼珠子全是血絲，最可怕的是他那口牙齒，我的娘喂，每一顆都像一根鉤子。」張小衰伸出手指比劃著。「這麼長、這麼彎、亮閃閃的發光哩！他走到我面前，就把嘴這麼一齜，『哧』地一下子朝我脖子咬了過來……」

眾人全都驚叫出聲，又退了好幾步，擠成一團。

「我往後一跳，擺出拳架子。」張小衰像模像樣的拉出架式。「我可是正式拜在『形意門』下的弟子，形意拳學了一年多……大家知道形意拳吧？」

有人點頭，有人搖頭。

「這形意拳可厲害了，所謂『太極十年不出門，形意一年打死人』，就是說，如果學太極拳，學了十年還不能出門跟人爭鬥，學形意拳呢，一年就能打死人！」

「這麼霸道？」劉娥睜大了美目。

「當然囉！」張小袞說得更起勁兒了：「我當時就往後一跳，擺出了『迎風貫耳』的架式，喝聲：『你別惹我，我可是練過形意拳的！』換作別人，早就被我的拳威嚇呆了。」

「他有被你鎮住嗎？」大家都問。

「當然沒有！」張小袞自我解嘲的笑了笑。「因為他根本不是人嘛，哪懂形意拳的厲害。倒是我，嚇得屁滾尿流，掉頭就跑，他就在後面緊追不捨，弄得我沒辦法，只好拉開二三七號房，闖了進去……」

張小袞邊說，邊把大家帶到二三七號房前，大家都敬畏的看著那扇木製房門。

「這房裡當時住著什麼人？」有人問。

「他們沒罵你嗎？」另一個人問。

「那夜住著一個姓莫的小道士，睡得昏頭搭腦的，沒理我，但他有個葫蘆，可邪門了！」張小袞說到這裡打了個寒噤，眾人也都跟著牙關打顫。「房裡黑壓壓的，我沒能看清，一腳把那葫蘆踢得在地下滾，哪知葫蘆塞子蹦開，竟然從裡面鑽出了一個兇惡大娘！」

劉娥又顫抖著問：「那葫蘆有多大，怎能裝得下一個人？」

「那葫蘆看起來不怎麼樣，破破爛爛的，也沒多大，但是從裡面冒出一股紅煙，那紅煙聚攏來，就變成了一個大娘！」

「那大娘怎生模樣？」有人問。

「漂不漂亮？」另一個人問。

「唉喲，她呀，屁股跟水缸一般大，臂膀比我的大腿還粗兩倍，一張血盆大口，簡直能把我的腦袋吞下去！」張小衰拉直嗓門一聲暴喝：「『你吵什麼吵啊！』她對著我大吼，嚇得我又奪門而出。」

「當然該逃！」眾人都同意張小衰當時的行為。

「可我一跑上走廊，那殭屍一樣的讀書相公又追了過來，我怎麼辦呢？只好拉開對面二三六號的房門，衝了進去……」

大家便都望向對面的房門。「這回可沒有嚇人的葫蘆了吧？」

「這個更嚇人！這客人姓燕，我一進去就看見他……看見他……」張小衰至今餘悸猶存，牙關像兩爿胡桃殼兒，搭啦搭啦的直響。「他竟然把自己的腦袋拿了下來，放在臉盆裡洗！」

「什——麼——！」眾人嚇得紛紛遠離二三六號房。「這也太噁心了！」

「後來呢？」劉娥顫抖著追問。

「後來？哪還有什麼後來？」張小衰苦笑。「後來我就嚇暈了。」

等大家稍微鎮定下來之後，有人開始質疑：「這都是你的一面之辭，還有別人看見嗎？」

張小衰這才發現文載道也站在人群裡，便指著他說：「這位文公子已經在敝店住了三個多月，那天晚上他也在這兒！」

大家便都滿懷敬意的把文載道包圍起來。「文公子也看見那些妖怪了嗎？」

「我後來好似有看見什麼……」文載道傻笑。「我……唉，我忘了！」

轎夫老扁、小歪也雜在人叢之中，發話道：「你們別問他這些，他的腦袋壞了，什麼都記不住。」

張小衰又道：「你們若不信，晚上可以去問天下第一樂師崔吹風，那夜他也住在這兒。」

其實這都是生意經，就是要引誘大家晚上來聽崔吹風演奏。

「你們還有聽說別的吧？」張小衰還不滿足，還要小帳加一。「除了妖怪事件之外，那夜還死了三個房客！」

「哇！」眾人的敬意又被挑逗至最高峰。

「死的那三個都是『括蒼山』來的道士，死得好慘咧！」

「三個道士也鬥不過那些妖怪？」

「不，他們不是被妖怪殺死的。」張小袞壓低音量。「後來又從外面抬進來了一具屍體，你們說是誰？」

「是誰？」

張小袞的聲音更低：「可是知府大人的六姨太呢！」

眾人又嚇呆了。

「這可不能騙人！不信，可以去問我們洛陽的總捕頭姜無際，那天他就在樓下大廳裡辦的案，一個上午就把這四件命案都偵破了！」

劉娥凝目道：「聽說他是『天下第一神捕』？」

「沒錯，天下沒有他破不了的案子！」

「兇手是誰？」又有人問。

「這就有點玄了，當事人都諱莫如深。」這次，張小袞的疑惑倒沒裝假。「到現在爲止，都還沒有一個確定的答案。」

大家又想要搶著發問。

張小袞忙一擺手：「各位客倌見諒，我每天都要招待上千名客人，把這故事說上三十多遍，讓我歇歇吧。」

等人潮散去之後，劉娥悄悄的問張小袞：「你說那三個道士死在哪間房裡？」

張小袞往後一指：「二五七號房。」

「別是我預訂的那一間吧？」劉娥擔憂著。

「您放一百個心，不會啦，那間房就讓剛才那個文公子去住了。」張小袞笑得很可惡。「掌櫃說，反正他什麼事都記不住，不會在乎這些的。」

忙碌的掌櫃

進財大酒樓的掌櫃名叫邢進財，但他一個月前有急事出遠門，便把掌櫃事務交給了龔美主持。

這龔美倒也奇了，四十多歲的他本來只是洗碗房的領班，來到酒樓任職也還不滿一年，但邢進財馬上就發現他有著絕佳的組織能力與領導魄力，更難得的是，他有著一種洞徹人情世故的老練圓融與豁達。

所以當邢進財匆匆忙忙離開時，就放心的讓他當上了臨時掌櫃，他果然也不負所託。

自從鬧過妖怪之後，酒樓與客棧部的生意都火熱得不得了，而他始終能夠指揮若定、有條不紊，讓客人半點怨言也無。而他臉上的表情就像掛在客房裡的毛巾一樣，永遠整齊清潔，沒有半點皺褶，總讓人覺得似乎缺少了點什麼？

此刻，等待登記入住的房客排得老長，他沒花多少時間，就一個一個的安排妥當，輪到劉娥的時候，他才罕見的露出一絲絲溫暖的笑容：「貴客的住房已經準備好了，最清靜的甲號大院，五間上房，兩明三暗，有專屬的庭院、水池、假山，環境幽雅，嘈雜不入，希望貴客與隨從們住得愉快。」

原來這劉娥有好幾個隨從，剛才一直跟在她身後，卻沒人發現，顯然經過嚴格的訓練。看來，這劉娥的派頭不小，她究竟是何來路？

醉鬼俏佳人

文載道忘了日間堵轎之苦，傍晚時分跑去「紅橋街夜市」溜達，又堵了一個半時辰。說起這文載道可是非同小可之輩，他少年時跟同鄉顧寒袖並稱為「江南二大才子」。他曾經與顧寒袖比賽背書，一人背一百遍四書五經，以均速取勝。他的均速比顧寒袖快了一分兩秒，但當他背到第九十九遍的時候，不小心摔了一跤，把腦袋撞壞了，變成過目即忘的白癡。

他每次來到夜市，只記得從前在這裡吃過一個什麼很好吃的東西，卻不記得店名與菜名，所以每次都得從第一家開始吃起，往往弄得肚腹鼓脹，連路都走不動。

今晚，他又從第一家店開始吃起，吃了「小鬍子家」的肉醋托胎襯腸、沙魚兩熟，「仁和店」的紫蘇魚、假蛤蜊、夾面子茸割肉，「清眞張」的乳炊羊、鬧廳羊，「張清眞」的虛汁垂絲羊頭、入爐羊，「八仙樓」的鵝鴨排蒸、荔枝腰子、還元腰子，「王三店」的入爐細項蓮花鴨簽、酒炙肚胘，「兔兒爺」的盤兔、炒兔、蔥潑兔，「魯廚」的假野狐、燠鴨、脆筋巴子、「冒江南」的薑蝦、酒蟹……

如此這般的吃到酉時三刻，實在吃不動了，就蹲在清磁河的「小紅橋」下嘔吐，把所有的食物都吐了出來。

好不容易出清存貨，坐倒喘息，但嘔吐之聲仍然沒有停止。

「嗯？我不是沒在吐了嗎？」文載道狐疑半天，才發現原來是有另外一個人趴在河邊嘔吐。

文載道趕忙過去關心：「這位仁兄，你也吃多了嗎？」

那人一抬頭，卻是個大約二十歲的姑娘，濃濃的眉毛壓著大大的眼睛，紅玉般的嘴唇配著白玉般的牙齒，一口酒氣嗆得死人。

「你……這粗漢，會不會……用字遣詞啊？我明明是個女子，你怎麼叫我仁兄？我明明是喝多了，你怎麼說我是吃多了？」

「妳到底喝了多少？」

「我喝了三杯薔薇露、三杯第一江山、一壺藍橋風月，嗯，這酒特好喝……然後又喝了一杯思堂春、一杯十洲春、一杯留都春、一杯錦波春、一杯蓬萊春、一杯海嶽春、一杯浮玉春，這些什麼春的都不行，太香了……然後又喝了三杯銀光、三杯龜峰、三杯清若空、三杯愛山堂、三杯北府兵廚、一壺錯認水，這酒也挺不錯的……」

「我光聽著就已經醉了！」文載道苦笑。「妳這麼好酒貪杯，家裡的大人難道都不管妳嗎？」

「誰敢管我？」那姑娘兇巴巴的瞪起大眼睛，但下一刻就痛哭起來。「我爹、我娘都已經過世了……」

她哭得翻心挖肺、聲若洪鐘，最後竟抱住文載道猛烈號啕，眼淚鼻涕把文載道的衣服弄得跟丟進河中洗過一樣。

「姑娘，姑娘，節哀順變。」文載道被她攪得手忙腳亂，想把她推開又不是，想替她擦臉又不敢。「人死不能復生，姑娘切莫因此弄壞了自己的身體。」

那姑娘卻又猛地哈哈大笑起來：「身體怎麼弄得壞？你說話眞好玩！」伸手捏住文載道的臉頰直勁揉。「你眞好玩！眞好玩！」

文載道苦笑：「好啦好啦，我好玩，我好玩……姑娘貴姓大名？」

「我叫梳雲。」

「妳姓梳？有這個姓嗎？」

「怎麼，不行嗎？我高興姓什麼就姓什麼！」

「是是是，只要姑娘高興就好。」

梳雲一展臂，親熱的搭住了文載道的肩膀，宛若搭住一個熟識三十年的老友：「你是個好人，你叫什麼名字？」

「我叫文載道。」

「嗯，很有學問的樣子。不過，我不喜歡有學問的人，走開！」用力一推，差點把他推到了河裡去，忙又一把抓住。「我開玩笑的啦，哈哈哈！」

文載道眞受不了她，正想藉口開溜，忽聽暗處一個粗豪的聲音笑道：「老子最沒學問，姑娘應該會喜歡我的。」

緊接著就走出幾個身穿黑色勁裝的人，領頭之人生得豹頭環眼，毫不掩飾兇神惡煞之氣。

「你們是什麼人？」梳雲傻傻笑問。

「老子名叫『翻山豹』，他們都是我的手下！」

「哦，原來是一群住在山裡的毛賊，跑來洛陽幹什麼？」

「山裡沒什麼鳥東西，窮得很！」翻山豹話說得挺爽快。「所以我們偶爾會來洛陽一趟，劫財又劫色！」

文載道大皺其眉：「你們這不是強盜嗎？那我可要叫了！」當眞挺起胸膛，清了清喉嚨，想叫，又暫且打住。「你們眞的要搶？我眞的要叫了喔！」

翻山豹笑道：「沒關係，你叫。」

文載道便又重振嗓門，剛叫了聲：「來人哪……」早被翻山豹一拳打在鼻子上，頓時金星直冒，倒地不起。

「哇，好兇！」梳雲吐了吐舌頭。「你們要搶什麼？」

翻山豹圓瞪兇睛：「先把錢都拿出來，然後脫光了躺下來，讓老子我爽一爽！」

「好吧，我也沒什麼辦法了。」梳雲打了個酒嗝兒，無奈的伸手入懷，好似想要掏錢。

忽有一人從小紅橋上慢慢走了下來：「翻山豹，你號稱『中原五兇』之一，該當是讓人膽寒的強盜頭子，怎地幹起這種小毛賊的勾當來了？」

來人年約二十二、三，劍眉星目，鼻樑挺拔，總是緊抿著薄薄的雙唇，似在極力防堵不經意間就會流瀉出來的傲氣。

翻山豹見他還年輕，便存了點輕視之心：「你是什麼人？敢管老子的閒事？」

那人沉聲道：「在下姓呂，草字宗布。」

劍神與暗神

當今武林中有三大劍客。

「雁蕩山」的「劍王之王」項宗羽、「青城山」的「劍怪」程宗咬，與「王屋山」的「劍神」呂宗布。

呂宗布年紀最輕，成名卻早，他乃并州呂家村人氏，據說全村都是三國驍將呂布的後代。他本名呂財盛，因天資優異，族中長老賜名為「宗布」，六歲就拜入「王屋派」習劍，得到掌門人賀蘭棲眞的賞識，將鎮派之寶「太阿劍」交給了他，十八歲出道至今，挑翻過「華山派」，橫掃過「伏牛寨」，席捲過「飛龍堡」，未曾有敗績。

翻山豹驚駭尋思：「眞倒楣，怎麼會在這裡碰到這個煞星？」慌忙動著腦筋想要編出一個轉圜的理由。

梳雲根本不知呂宗布是何許人，對著他喊道：「喂，我用不著你幫我，滾遠點！」

呂宗布止不住一楞：「姑娘難道喜歡被人劫財又劫色？」

「怎麼，不行嗎？我就是高興被搶！」

文載道躺在地下流著鼻血，邊自暗忖：「世上怎會有這等之事？這個梳雲姑娘可算得上當代第一奇人了。」

翻山豹笑道：「呂大俠，聽到沒？她是心甘情願的，她喜歡上我了！」

梳雲打了個酒嗝兒，笑道：「我豈止喜歡你，我愛死你了，咱們現在就來個夫妻對拜！」說完，當眞把雙手一攏，彎下腰，把脖子一低，一道寒芒從她後頸直射而出，逕奔翻山豹面門。

饒得翻山豹反應神速，險險閃身避過，但他身後的一名小賊就沒這麼好運，被那寒光射入眼窩，慘叫一聲，痛得滿地打滾。

眾人定睛細看，才發現那是一支緊背低頭錐，這種暗器是用機關裝在脖子後面，手一攏、頭一低，啓動機關，便從衣領射出，讓人防不勝防。

梳雲笑道：「咦，你怎麼不跟我拜堂？你若不想跟我成婚，我就要把你踢出家門了哦！」

說著，果眞一抬右腳，又一道冷電射向翻山豹胸口，翻山豹等人都已有了防備，一群鴨子似的亂跳開去。

那短箭釘在橋墩上，深入寸許。

「姑娘好本領，果然不用別人幫忙。」呂宗布笑著行了一禮。「敢問姑娘高姓大名？是何門派？」

梳雲傲然道：「你是『劍神』，我是『暗神』！」

呂宗布一怔。「暗神？」

「就是暗器之神囉！」

文載道已從地下爬起，摀著鼻子道：「暗器之神怎能簡稱爲暗神？不通之至！不通之至！」

「唉，你這個有學問的人，別囉唆！」

文載道傻笑：「其實我的學問早就沒了。」

翻山豹心知今晚決計討不了好，忙道：「兩位這個神、那個神的，算我們有眼不識泰山，我們其實什麼壞事都沒做，可以走了吧？」

呂宗布眼望梳雲：「這就要看當事人的意思了。」

梳雲又吐了口酒氣，笑道：「想走是可以啦，先跟我磕幾個頭再說！」

翻山豹幾年前與四個結拜兄弟——鬧天鷹、破城虎、裂地熊、出林狼，橫行天下，殺人如麻，號稱「中原五兇」，幾曾受過這等窩囊氣？當下把心一橫，拔出一對豹頭雙鉤：「老子不想惹事，妳卻當我怕事，今日我倒要看看妳究竟有何本領？」

雙鉤齊出，右手鉤挑頸項，左手鉤砍肩膊。

梳雲笑道：「這麼稀鬆的功夫也好拿出來獻醜？」

抖手就是一柄飛刀，直射翻山豹面門。

哪知翻山豹看似粗豪，對敵經驗可是豐富得很，心知這一戰必須快、狠、準，先聲奪人，才有可能全身而退，所以一出手就用上了必殺之技。他的豹頭雙鉤是一種獨門兵器，全力下砍的時候鉤刃會突然伸長三尺左右，因此他現在使出這一招，右手鉤挑敵頸項，像是攻擊的主力，其實左手鉤才是眞正的殺著，這一鉤砍下，鉤刃突地伸長出去，必定會把梳雲右半邊的身子全都砍掉！

呂宗布站在旁邊，一直監視著翻山豹的手下，萬萬沒料到局勢竟然變化得這麼快，眼見這一鉤就要劈上梳雲的右肩，想要出手援救，已是不及。

驀然間，一溜黑光閃過，翻山豹的左手鉤就像麵條般的斷成兩截。

眾人眼不及霎，一名鳳眉修目的中年人已站在梳雲身前，手中一柄毫不起眼、純黑色的長劍。

梳雲兀自嘴硬：「喂，我不要你幫忙！你是誰啊？」

中年人淡淡一笑，並不答話，只是緊盯著翻山豹不放。

呂宗布望向中年人手中之劍，面現驚訝之色：「湛盧劍！你是項宗羽？」

此人竟是「雁蕩派」的首席劍士，二十二歲便仗劍行走江湖，大小一百二十九戰未逢敵手的「劍王之王」項宗羽！

莫名其妙的糟老頭兒

項宗羽半偏身子朝呂宗布微微一禮：「呂老弟，咱們總算碰面了。」視線仍沒從翻山豹臉上移開。

這卻讓呂宗布覺得他有意蔑視自己，心中暗怒。

項宗羽慢慢逼向翻山豹：「你的結拜二兄破城虎已經死在崑崙山上，你得到了這個消息嗎？」

「你胡說！」翻山豹一驚。「難道是你殺的？」

「並不是。」項宗羽愈逼愈近。「把你左手的袖子捲起來給我看看。」

翻山豹不知他何意：「你想要幹什麼？」

「捲起來！」項宗羽的語聲雖然平和，但其中透出的堅持比鋼板還要堅硬。「否則我就把你的左臂卸掉！」

翻山豹心想：「今天是怎麼了？大家都壓著我的頭欺負我？不知老子是縱橫天下的混世魔王嗎？」不由得兇性大發，右手鉤倏然由下往上的捲向項宗羽下巴。

但黑芒冷電又一閃，那精鋼打造的鉤兒就紙片似的斷了。

「端的是好劍！」梳雲拍手大笑。

項宗羽踏步上前，一劍直削翻山豹左臂，看樣子真的要把他的整條左手砍掉。

突然，一條人影飛縱過來，一劍刺向項宗羽後背。

項宗羽不得不緊急撤招，回手一劍將來人的劍削斷，才發現那只是一把街上到處都有得賣、小孩子玩的竹劍。

就這麼個小空隙，一個瘦小的老頭兒已守護神似的擋在翻山豹身前。

項宗羽蹙眉不已：「老丈，您幹什麼？」

「我不准你殺他！」

眾人俱皆一怔，暗想：「這小老頭的口氣眞不小，竟敢攖劍王之王的劍鋒？」

連翻山豹都呆住了，暗道：「這個糟老頭兒是誰？他幹嘛要救我？」

項宗羽沒有掉以輕心，他與這老頭兒交了一招，雖是完全不成比例的湛盧劍對竹劍，可已探出此人的功力非同小可。

「老丈讓開，別淌這渾水！」

瘦老頭兒毫不退讓：「我不准你殺他！」

項宗羽不願傷到這老人，瞬即還劍入鞘，一掌抓向他前胸，毫不費力的就把他提了起來，往旁邊一送。

不料那老頭兒像塊牛皮糖似的黏在他手掌上，他這一送，沒能把他送走，項宗羽的手一縮，他又跟著回來了，依舊站在原處。

「老丈好本領！」項宗羽不耐煩跟他瞎纏，一拳搗向他右肩。

項宗羽雖以劍法聞名，拳術造詣可也不同凡響，拳鋒如劍、拳勁如雷，拳拳紮實，有若打鐵，再加上掌扣指拿，變化莫測，這一拳之威，足可裂碑碎石。

哪知老頭兒連閃都不閃，被打了個結實，立刻倒飛出去，項宗羽卻覺得這一拳恍如打在一團棉花上，並無著力之處。

翻山豹嚷嚷：「項宗羽，你怎麼毆打老人咧？虧大家還叫你什麼大俠！」

話還沒說完，老頭兒又飛了回來，仍然站在原處。

項宗羽心知碰到了真正的高手，抱拳行了一禮：「尊駕究是何人？」

瘦老頭兒乾咳了一聲，道：「我叫程宗咬。」

劍怪不怪

青城山的「劍怪」程宗咬，竟是這副德性？

眾人這才仔細瞧覷他，年約六十，鬚髮花白，小小的眼睛透出豬般愚笨空洞的眼光，嘴裡剩沒幾顆黃牙，笑起來的時候宛若一間門倒窗塌的老瓦房，整個身軀就像用幾根彎曲的爛竹竿拼湊起來似的。

呂宗布暗裡皺眉：「這樣的人也會名列武林三大劍客之內？未免太可笑了！」

翻山豹則從心底直發寒噤：「武林三大劍客竟然在今夜齊聚一堂，難道都是衝著我來的？」

在場眾人，只有文載道不知好歹，傻笑著問：「你們三位，一個名叫項宗羽，不用說，就是有效法項羽之意；一個名喚呂宗布，當然就是想要傳承呂布了；卻不知老丈為何叫作宗咬？」

程宗咬笑道：「我乃東平縣人氏，據說先祖是唐初猛將程咬金，所以……」

「既如此，怎可叫作宗咬？」文載道猛搖頭。「不通之至！不通之至！」

程咬金字「知節」，若取名為「宗金」或「宗節」，都還勉強說得通，「宗咬」實在不倫不類。

「幾年前，族長要賜我名為這個那個的，我都不要，我就覺得『宗咬』最好聽！」

程宗咬本名程財興，父親是雜貨店老闆，他從小稟賦愚鈍，書念不好、田不會耕、帳也不會算、幹什麼都不行，被族人當成廢物看待，到了四十四歲那年，也不知發了什麼瘋，遠赴青城山去拜師習劍，掌門人「傀儡生」把他轟出去十七次，他仍爬了回來，最後鬧得沒法，只得派他去伙房當個火工道人。

如此這般的經過了十三年，某一天，崆峒派的「四大金剛」拜山挑釁，青城派那時正值青黃不接，門下弟子無人能敵，傀儡生正要親自出馬，卻見程宗咬灰頭塵臉的提著一根廚房裡的柴火棒跑了過來，二話不說，只用了十招，就讓四大金剛統統趴下了。

這個糟老頭兒竟然在廚房裡無師自通的盡得劍術精髓！

後來，傀儡生想把鎮派之寶「干將」寶劍交給他，他偏不要，總是提著根爛木棍到處亂跑。

追究起來，除了獨戰崆峒四大金剛之外，他也沒什麼值得誇耀的戰績，但他的名聲仍不脛而走，竟與其他兩個百戰百勝的劍客齊名。

項宗羽皺眉道：「程兄出身名門正派，爲何要保護這個殺人不眨眼的江洋大盜？」

程宗咬嘆了口氣道：「我也不想保護他，但我一直記得小時候我爹教過我的一句話——這是我唯一記得的父親的教誨。」雙掌合十，朝天上拜了拜。「願他在天之靈安息，阿彌陀佛。」

梳雲皺眉道：「你有沒有搞錯啊？你是個道士，怎麼唱起佛號來了？」

「唉呀，都一樣啦，我在青城山上也沒修什麼道。」程宗咬傻笑。

文載道皺眉道：「你還沒說你爹的教誨是什麼？」

「他是這麼說的，受人滴水之恩，必當湧泉相報。」

翻山豹也皺眉道：「我有恩於你？我根本不認識你呀！」

「你還記得四年前去過蜀地嗎？」

「嗯……沒錯，有這麼回事。」

「一天我下山採辦物品，在『灌縣』遇見了你們中原五兇的大隊人馬，不是我說，你們那『出林狼』眞不像話，他跟他的手下居然要搶我買鍋碗瓢盆的錢。」

翻山豹訕笑道：「五弟出林狼確實沒什麼大出息，老是愛幹這種不入流的勾當。」

梳雲哼道：「你又好得到哪裡去？」

翻山豹只得裝作沒聽見。

文載道追問程宗咬：「你一定把他們殺得很慘囉？」

「沒咧。」程宗咬一苦臉。「那時我還不懂什麼劍術、武功，比青城山上的三歲娃兒還不如！」

眾人都一怔。「四年前還不會武功，現在卻變得如此厲害？」

程宗咬續道：「出林狼的手下搶了我的錢還不夠，還想殺我，這時你走了過來，說：『不過是個糟老頭兒，殺他幹嘛？沒來由污了你們的刀！』你還記得這件事嗎？」

翻山豹想了半天，實在想不起這碼子事兒，實話實說的唔呶道：「這樣也算救了你一命？也太便宜我了吧！」

「那幾個嘍囉不敢違抗你的命令，便把我一推，一頭撞在地下，暈了過去。」

「如此可惡！」梳雲大叫。「你還感激他？」

「總之，撿回了一條命。嗨，妳不知道那刀架在脖子上有多可怕，嚇得我尿了一褲子！」程宗咬苦笑。「而且，自從那一摔之後，我就像開了竅，只要站在旁邊看著師父帶領師兄弟練劍、練功，我就心領神會，不到一年時間，就把青城劍法統統學全了，而且內力突飛猛進，居然成了青城第一高手！」

文載道心道：「他摔一跤，就開了竅，成了大劍客；我摔一跤，怎麼就變成了白癡？這也未免太沒有天理了！」

報恩與報仇

項宗羽道：「這當然可算是滴水之恩，難道你就要因此一輩子報答他？」

程宗咬咳了一聲：「您先說說，您爲什麼要殺他？」

項宗羽目注翻山豹：「你還記得，兩年前你們血洗江東項家莊嗎？」

翻山豹一聳肩：「我們屠滅的村子可多了，哪能每一個都記得住？」

程宗咬切齒道：「你說得我愈來愈想殺你了！」

翻山豹忙諂笑：「程老爺，滴水之恩，滴水之恩哪！」

呂宗布在旁尋思：「這事兒倒聽掌門人說起過，雁蕩派的掌門『逍遙子』有意栽培項宗羽，把自己的愛女嫁給了他。兩年多前，中原五兇趁著項宗羽不在家裡，入侵項家莊，把全莊上下殺得十不存一。從那時開始，項宗羽就一直在追殺這五個惡賊。」

他雖同情項宗羽的遭遇，但畢竟不干他的事，只能袖手旁觀。

程宗咬還在那兒爲難：「唉，你要報仇，我要報恩，怎麼辦？」自己在心裡鬧了半天，竟朝項宗羽跪下了：「大家都說項大俠辣手仁心，今天看我老兒的薄面，饒了他吧！」

把項宗羽慌得手足無措，連忙將他扶起，嘆口氣道：「老哥哥，我不能讓你難做人，下回等你不在的時候，我再殺他吧。」

「多謝項大俠！」程宗咬還想磕頭，項宗羽又忙閃開：「不過，讓我問他兩個問題。」

「問吧。」程宗咬、翻山豹同聲道。

「你們血洗項家莊那天，我的妻子被一個左上臂有龍紋刺青的匪徒先姦後殺！」項宗羽強抑悲憤。「半個月前我查過破城虎的手臂，不是他……」

「也不是我！」翻山豹把兩隻衣袖都捲了起來，果然沒有他所說的刺青。

程宗咬追問：「你可知道，你們那些人之中，誰有這刺青？」

翻山豹想了想：「我們那一大幫子人，有刺青的人不少，我也不搞不清楚誰是龍紋、誰是虎紋。」

項宗羽道：「好，再問你第二個問題，你們背後有沒有主使者？」

翻山豹猛然神情一震。

項宗羽沉聲道：「破城虎臨死前曾說：我們背後還有……還有什麼？」

翻山豹結巴著：「這……這……你殺了我，我也不能說。」

梳雲嚷嚷：「顯然就是有嘛！那幕後的大黑手才是最可惡的，一定要把他抓出來！」

翻山豹哭喪著臉：「我不說！這不能說……」

程宗咬輕輕一拳打在他胸口，翻山豹口中鮮血狂噴，連退了十幾步方才站穩。

「我只救你一次。」程宗咬恨恨道。「你做惡多端，以後就自求多福吧，快滾！」

等到程宗咬、翻山豹都離去之後，劍神呂宗布緩緩走到項宗羽面前：「項大俠，在下有個不情之請——想要領教項大俠的高招。」

他剛才覺得項宗羽有意藐視自己，又因自己來不及救援梳雲，顯得手段稍遜，更激起了他年輕人的血性與傲氣，想要與項宗羽一較高下。

更重要的是，七大劍派每十年都會舉辦一次「磨劍大會」，項宗羽是上一屆的冠軍，贏得了「劍王之王」的頭銜，那時呂宗布還年輕，沒有資格參加，現在既然有了這個難得的機會，豈容輕易放過？

項宗羽暗嘆口氣，這是所有成名劍客的無奈：「呂老弟，可否等我辦完正事再說？」

語聲方落，人已在三丈開外，避開了這場有可能是這個世紀最激烈、最璀璨、最偉大的湛盧、太阿雙劍之鬥！

美人如玉劍如虹

搖擺。

進財大酒樓內樂聲正酣，酒客與酒女在天下第一樂師崔吹風烈火也似的旋律之中忘情

甚至，一個在廚房後頭洗碗的小丫頭音兒也亂扭一氣，把一堆剛洗好的碗盤全都摔碎在地，被臨時接替龔美的洗碗房領班罵了個臭頭。

這崔吹風的音樂與尋常樂師大不相同，沒有小橋流水、行雲飄雨，全是火辣辣的金鐵交鳴之聲，節奏明快俐落，眞個如同大火燃燒、大水沖刷、大地震動。

中年美婦劉娥獨坐一桌，她也興奮極了，隨著節拍扭動身軀，並不停的用筷子敲打碗盤，一副很想加入演奏行列的樣子。

她看見文載道和梳雲走了進來，便招手喚他倆過去：「文公子，瞧這酒樓多火熱，早就客滿了，我們一起坐吧。」

「多謝。」文載道想介紹劉娥與梳雲互相認識。「這位是……呃，忘了！這位是……呃，也忘了！」

「沒關係，別忘了喝酒就好。」梳雲大剌剌的一屁股坐下，喚來店小二張小衰。「我要一壺藍橋風月、一壺錯認水，你們還有什麼好酒統統各拿三杯來！」

張小衰正要走，又被喚了回來：「記住，帶個『春』字的統統不要！」

緊接著，臨時的大掌櫃龔美親自端了一盤油炸點心過來：「這是本店招待的『永結同心』，希望貴客喜歡！」說時，毛巾般永遠整潔的臉上飄過一絲複雜的表情，雙眼盯著劉娥不放。

劉娥沒來由的臉一紅，望向別處。

那龔美硬是不想離去，劉娥愈發慌亂，恰好崔吹風跑了過來：「大人剛才的伴奏太棒了，可否上台一起演奏？」

「好啊！」劉娥幾乎是用跳的站起身子，跟隨崔吹風上了台。

崔吹風笑道：「今日在座貴賓，劍客、美女齊聚一堂，在下就演奏一首〈美人如玉劍如虹〉，慶賀今日之盛事！」

文載道舉目四望廳內酒客，心忖：「剛剛才碰到武林三大劍客，難道這裡還有更知名的劍客？」

看來看去，但見大廳的角落裡坐著一位鬚髮皆白的老者，身後站著一名中年弟子；另有一男一女坐在客位相陪，男的年約三十，頗爲老練的模樣，女的只有二十左右，朱唇皓齒，明豔照人，眉目之間自有一股逼人英氣。

梳雲也已看見她，用手肘拱了拱文載道：「那姑娘好美呀！」差點把文載道拱得摔下椅子。

台上的崔吹風已一撥琴絃，演奏起來，劉娥則從懷中取出一個鞀鼓，隨著節奏拍打應和。

這種有柄的小鼓又名波浪鼓、貨郎鼓，是一種極其普通單調的樂器，但到了劉娥手中，這鼓居然有了靈魂，每一敲擊都恰到好處，把崔吹風的旋律襯得更加火辣靈動。

大廳內所有的人都瘋了！

整座大廳就像是一個放在大火爐上的熱油鍋，沸騰到了極點！

熱油鍋裡的每一個人都像一塊辣炒雞丁，在騰騰大火中把自己的肉體燃燒到極致、蹦躍到天際！

一百一十二歲的老劍客

就在這一片極樂喧囂的氣氛中，呂宗布悶悶不樂的進來了，走向角落裡白髮老者的那一桌，叫了聲：「師父。」

這老者竟是王屋派的掌門人賀蘭棲眞。他今年已經一百一十二歲，身子骨仍硬朗得很，紅面銀髯，精神矍鑠，三年前還應皇帝之詔入京，受封「宗玄大師」。

呂宗布一坐下，賀蘭棲眞便跟他介紹兩個客人：「這位是形意門的大弟子趙鷹，這位是形意門霍連奇掌門的掌上明珠霍鳴玉姑娘。」

呂宗布被霍鳴玉的美豔震得一呆，血色湧上臉龐。

這時，〈美人如玉劍如虹〉的樂曲已經奏完，崔吹風今夜的工作已了，在大家的掌聲中謝幕離開，意猶未盡的酒客們不得不逐漸散去。

賀蘭棲眞笑道：「老夫活了一百多年，從沒聽過這種音樂。」

趙鷹搖頭大嘆：「眞是敗壞人心的靡靡之音！」

「不會啊。」賀蘭棲眞連聲稱讚。「滿好的，滿好的。」

店小二張小袞現在沒空講述鬧妖怪的故事了，忙得團團轉，他是形意門的弟子，當然招呼他們這一桌最殷勤，一下子送酒、一下子上菜，統統都是「本店奉送的」，不時插個嘴：「大師兄、大小姐，明天會帶賀蘭老神仙去『白馬寺』賞花嗎？」

趙鷹不耐道：「你就是愛說話，忙你自己的去吧。」

霍鳴玉朝著賀蘭棲眞欠身一禮：「仙翁此次來到洛陽，家父恰好不在，眞是失禮，還望仙翁不要怪罪才好。」她聲若銀鈴，竟跟剛才的琴音一樣好聽。

「聽說霍老弟四年前奪得洛陽拳鬥大會的冠軍之後，就出外雲遊，至今未歸？」

「是……」霍鳴玉、趙鷹都有些欲言又止。

「好好的一個形意門他也不管了，到底在外面遇見了什麼好事？」賀蘭棲眞不無打趣的成分。

霍鳴玉、趙鷹更顯難以啓齒。

賀蘭棲眞眼見他倆這副怪怪的神情，止不住有點擔心：「賢姪女，如果妳爹碰到了什麼困難，妳儘管開口，我一定幫忙幫到底！」

「仙翁切莫多慮，我爹沒出什麼事。」霍鳴玉靦腆的笑了笑。「他只是……呃，有點鬼迷了心竅！」

「怎麼說？」

「他是出外尋找后羿神弓！」

賀蘭棲眞當下連連點頭：「我懂了，既然提起這個傳說，別說他，連我都有點鬼迷心竅呢！」

后羿神弓

梳雲本還跟文載道坐在一起猛喝酒，但她耳尖，一聽到這話，立即端著酒杯、抱著酒壺跑過來。「我能坐在這裡嗎？」

也不管別人同不同意，就大剌剌的坐下了，先朝霍鳴玉一笑：「霍姑娘好美喔！」又朝呂宗布一點頭。「不管怎麼樣，剛才還是謝謝你啦！來，敬你一杯！」又朝文載道招手。「喂，腦袋壞掉的，也坐過來嘛！」

一桌人被她鬧得啼笑皆非。

梳雲抓住賀蘭棲眞的手臂猛搖：「老爺爺，你快說，你也認爲后羿神弓是眞的嗎？」

賀蘭棲眞笑道：「好姑娘，老朽已經一百多歲了，妳不怕把我的骨架子都搖散了嗎？」

梳雲忙鬆手道歉：「我罰一杯！我罰一杯！」

呂宗布道：「妳愛喝，自個兒喝就是了，不用找藉口。」

梳雲哈哈大笑：「老爺爺，你快說嘛！」

賀蘭棲眞道：「幾千年來，有關后羿的傳說多如牛毛，其中多所附會穿鑿，不值識者一哂。吾人縱觀各典籍，最古老的《山海經》中〈海外南經〉與〈大荒南經〉都有提到后羿射殺怪物鑿齒一事；〈海內經〉中則記載帝嚳賜彤弓、素繒給后羿，『以扶下國』，也就是說帝嚳把紅色的大弓、白色的羽箭賜給后羿，命令他扶助弱小的諸侯國，替百姓解決困難……」

梳雲性急，忙問：「沒有提到他射日的事情嗎？」

「據傳古本的《山海經》中有此記載，今本卻無此說，究竟如何，老朽不敢妄言。」

霍鳴玉道：「有沒有提及嫦娥奔月一事？」

賀蘭棲眞笑道：「這就更是後人胡亂添加的無稽之談了。」

文載道坐在一旁，聽得佩服不已。「此老一百多歲，記性還如此之強，各種典籍倒背如流，我要能比得上他一根汗毛就好了。」

梳雲一時之間，既似大失所望，又似大為振奮：「這麼說來，根本沒有后羿射日這件事？」

賀蘭棲眞道：「如今廣為流傳的后羿射日，都出自於《淮南子》一書，《淮南子》成書於漢朝，當然不比《山海經》中的古老傳說。至於《左傳》中則提到夏朝時有個『有窮氏』的首領名叫后羿，乃一代梟雄，他放逐了夏王太康，取而代之，後來又被自己提拔的權臣寒浞所殺……」

「這個后羿是梟雄。」梳雲不屑的皺皺鼻子。「不是那個英雄后羿。」

「年代也差太遠。」霍鳴玉道。「不可能是同一個人。」

賀蘭棲眞道：「總而言之，撇開後人臆測附會的著作不談，單只綜合《山海經》、《左傳》、《淮南子》這三本古籍所載，后羿至少有三人，一是帝堯時的射官，帝堯派他射日與射殺怪物鑿齒與巨獸封豕；二是帝嚳時的射官，帝嚳賜他弓箭，派他扶助弱小；三是夏朝有窮氏部落的首領，曾經短暫的篡奪夏朝。」

文載道突然傻笑著插嘴：「這『后羿』會不會是古代的一種官名呢？」

眾人全都楞了楞，然後就嫌他胡說八道似的瞪著他。賀蘭棲眞卻猛一拍巴掌：「這位公子挺有見識，確實有這種可能，只要箭射得準，就可名為『羿』！」

梳雲改容相敬：「沒想到你這壞掉的腦袋裡面還挺有些想法！」

賀蘭棲眞望向霍鳴玉：「但更有一種可能，就是妳爹相信的那一種了。」

「哪一種？」梳雲搶問。

「不知從何時開始，有了一種說法——並不是后羿的箭射得準，而是因爲那把弓！」賀蘭棲眞難得露出誇張的神情。「那是一把神弓，不管是誰得到了那把神弓，便可以百步穿楊，甚至可把太陽射下來。」

梳雲又搶問：「老爺爺，您相信這種說法嗎？」

「唉，小姑娘，如果妳活到我這歲數，妳就會知道——妳根本不知道妳該相信什麼了！」

牡丹花開時

洛陽的牡丹花就是開得比別的地方漂亮。

一團團的花球掛在樹上，彷彿要將世間所有的顏色做出最燦爛的展示，並且明告世人各種色彩應該如何配搭。

文載道與劉娥、梳雲來到白馬寺前，正是遊人最多的時候。

劉娥就像個小女孩，沿著牡丹花徑一路奔跑過去，時時發出讚賞的尖叫。

梳雲則不停搖頭批評：「太豔啦，受不了！太花啦，花得我頭皮發麻！太俏啦，譁眾取寵！」

每一株牡丹前面都立著一塊小牌子，介紹此株的品種，什麼白屋公卿、丹皀流金、海衣泉煙、太眞晚妝、胭脂樓倒暈檀心……

文載道一個個細細看去，暗忖：「若能記住三個名字就表示我的腦袋有進步了。」好不容易繞了一圈，回到寺前廣場，一群人正圍在左側的院牆邊上議論紛紛。

梳雲伸手一指：「喂，那邊又有一個美女！」

文載道轉眼一望，正見一對年輕男女雜在人叢之中，立時歡喜的大叫出聲：「顧兄、梅妹！」

那青年男子正是少年時跟文載道並稱爲「江南二大才子」的顧寒袖，女子則是與顧寒袖青梅竹馬、早已互訂終生的梅如是。

說起這顧寒袖自有一段離奇遭遇：去年秋天他進京趕考，原本意料狀元應是囊中之物，卻因爲考前喝了碗紅豆湯，進了貢院後就腹瀉不止，九天三場下來，一個字也沒寫，當然鬧了個名落孫山；返鄉途中，又罹患重病，心灰意冷之下，竟把自己的靈魂出賣給惡魔。

魔鬼的代言人芝麻李吸走了他的靈魂、拔去了他的心臟，讓他變成一具到了晚上就要變臉吃人的「行屍」。（進財大酒樓的店小二張小袞那夜碰到的殭屍相公就是他。）

梅如是得訊趕來救援，得到天神「刑天」的子孫燕行空、「劍王之王」項宗羽、進財大酒樓的掌櫃邢進財、小道士莫奈何與櫻桃妖的幫助，歷經千辛萬苦，趕到崑崙山大戰群妖，在他的靈魂即將被封印的前一刻，把他救了回來。

現在他一切正常，與梅如是有說有笑，看見文載道更是高興得不得了，三人熱烈寒暄作一處。

梳雲也走了過來，發現人潮聚集在一張告示前，湊近一瞧，上面寫著：「誠徵女性鑄劍師」，署名是「第五公子俞啖至」。

梳雲隨手抓住一個人就問：「第五公子？什麼意思啊？」

「姑娘難道不是中原人氏？連鼎鼎大名的第五公子都不知道？」那人說。「自從戰國四大公子之後，就後繼乏人，這俞公子是唯一能夠與他們相提並論的人，所以號稱有史以來的第五個公子，廣結天下豪傑，門下食客三千，可說是當今天子之下的第一人！」

卻聽那邊顧寒袖道：「如是，我勸妳還是別去應徵了，說到頭來，女子畢竟不能以鑄劍為業啊！」

梳雲又湊了過去：「這位美姑娘是鑄劍師？倒眞奇了！」

原來，梅如是從小就對刀劍有狂熱的興趣，打從十三歲起便進入鑄劍坊拜師學藝，現在已是女性鑄劍師中的佼佼者。

梅如是道：「表哥，鑄劍是我的興趣，不管將來如何，我是決計不會荒廢這志業的。」

顧寒袖皺眉道：「唉，這是從何說起呢？女子的志業應該就是遵守三從四德，成爲賢妻良母嘛。」

梅如是悶悶一笑，並不回嘴。

梳雲可忍不住了：「喂，我看你只是想要娶一個幫你洗衣煮飯的黃臉婆吧？」

劉娥也在旁幫腔：「虧你還號稱什麼天下第一才子呢。」

顧寒袖一楞：「這兩位是？」

文載道趕忙介紹：「這位是……呃，那位是……」

劉娥笑道：「你總記不得我們，爲何能夠記住他們兩位的名字呢？」

文載道重重一嘆：「反而是幼時的記憶沒有被磨滅，幼時念的書倒還記得許多……」

梳雲哼道：「本大小姐名叫梳雲，我的志業就是喝遍天下美酒，看有誰管得著？如今，女人若想發展自己的志向，就該努力做去，爲何一定要屈從於男人之下？」

梅如是聽得連連點頭，顧寒袖爲之語塞，只能發出類似「大謬乎也」的聲音。

忽聞人群喧囂之聲猛然爆起：「俞公子來了！第五公子來了！」

一頂大轎在百名僕從的簇擁下，宛若浪中樓船般的駛了過來，衝開人群，一直來到梅如是等人面前才停下，轎門一開，走下一個玉雕似的人兒來。

這第五公子俞燄至白衣白冠、白履白袍，一張臉簡直就像用一整塊白玉琢磨出來的一樣，他的聲音更是清亮得宛如玉罄敲擊，一絲雜質也無。

「這位可是梅如是，梅姑娘？」

梅如是楞了楞。她今天上午才到洛陽，怎麼就被他知道了？而且自己也不是什麼名人，為什麼他竟親自前來拜訪？

還未及答言，俞燄至又道：「聽說眾位英雄在崑崙山上斬殺了中原五兇之一的破城虎，剛剛返回中原，在下特來迎接。」大約因為根本不信妖魔鬼怪，完全不提他們斬妖除魔之事，只不知他的消息究竟從何得來？

梳雲搶著笑道：「原來你們還有這麼精彩的往事？失敬失敬！昨天晚上我還碰到了翻山豹呢。」

文載道皺眉道：「顧兄，你怎麼變成仗劍除惡的英雄了？」

其實顧寒袖在整個事件之中，一直都是一具行屍，哪裡有參與一絲半毫？只得尷尬的連連咳嗽。

「還有劍王之王項大俠、邢進財大掌櫃與小莫道長呢？」俞燄至對此事居然了解得一清二楚。

顧寒袖道：「項兄、邢掌櫃已先行離開，小莫道長剛剛還跟我們在一起，但他碰到了他的師父『提壺道人』，便不知跑到哪裡去了？」

俞啖至望向白馬寺廣闊院區的後方：「我大概知道他去了哪兒。」

渾身都是寶的渾頭小道士

將近一千年前，東漢明帝某夜做夢，夢到一個頭閃白光的金人從西方飛來。

翌日上朝，大臣們認爲這是西方的「佛」，漢明帝便派蔡愔等十餘人赴天竺求佛法。他們走到「大月氏」，就遇見了來自天竺的高僧迦葉摩騰與竺法蘭，於是相偕同行，以白馬馱經，回到當時的京城洛陽。

漢明帝先把他倆安置在招待外賓的「鴻臚寺」，然後在城西的雍門外按照天竺樣式建造了一組建築，爲了紀念白馬馱經之功，取名「白馬」，又因他倆曾經暫住於鴻臚寺，便以「寺」字稱之。

從此之後，中原的僧院便泛稱爲「寺」。

「白馬寺」成爲中原佛教的發源地。

迦葉摩騰與竺法蘭住進白馬寺後，譯出了《四十二章經》，爲史上第一部漢文佛經。

白馬寺歷經千年擴建，占地數百頃，廣袤宏偉，誰也不知道它的正後方還有一座小小的道教廟宇「紫雲觀」，就像一個委屈的小媳婦，只能躲在大娘背後。

卻說與顧寒袖、梅如是同行的十八歲小道士莫奈何，剛才在白馬寺前碰到了師父提壺道人，便一起走向「紫雲觀」。

「師父後來就一直住在這兒？」莫奈何問。

「是啊，也沒其他地方可去。幸虧紫雲觀的方丈『烏有道長』收留，日子過得還挺不錯。」

這對師徒來自括蒼山上的「玉虛宮」，提壺道人其實沒啥本領，靠著招搖撞騙為生，莫奈何就更別提了，十三歲上山修道，五年多來的功用就是被師兄們當成出氣筒。

此刻，莫奈何喜孜孜的從懷裡掏出一塊大印：「師父您看，我現在是『夏國國師』了！」

提壺道人嚇了一大跳：「你別拿這些兒童玩具作耍，這可是殺頭的大罪！」

「唉，您放心，您仔細瞧瞧這大印，貨眞價實，童叟無欺！」莫奈何又取下斜揹在背上的寶刀。「您再看看這把刀，這是六百多年前『大夏天王』赫連勃勃親自督造的『大夏龍雀』，刀中至尊呢！」

弄得提壺道人一頭霧水，莫名其妙。

今年年初，這個小渾頭還只會掃地、煮飯、洗衣服，怎麼到了四月，竟然成了渾身都是寶貝的國師？

他哪裡曉得莫奈何在這三個多月裡的奇遇，比別人十輩子加起來還要多！

他若知莫奈何背上的葫蘆裡還住著一隻由櫻桃變成的妖怪，怕不驚得滿地找牙才怪。

「這幾個月，你究竟去了哪裡？」提壺道人問道。

「我啊，從一下山就碰到了一連串的怪事……」莫奈何吱吱喳喳的說著，不外劍客豪俠、妖魔鬼怪、天神行屍、國王公主、軍閥劇寇、知府捕頭……

提壺道人頭暈腦脹的聽了半日，終於在心中做出結論：「算了！這個人已經瘋了！」

兩人來到紫雲觀前，年約五十的住持烏有道長正在山門外練著不知是何門派的拳法套路，此人倒是長得仙風道骨，慈眉善目。

「道兄早啊。」烏有道長打著招呼，眼望莫奈何。「這位是……」

「小徒莫奈何。」

「哦？久仰大名，如雷貫耳！」

提壺道人一楞，搞不清楚他是在講客套話，還是當眞？

但見觀內人影幢幢，一群江湖漢子正忙著往裡頭搬東西。

「那是些什麼人啊？」提壺道人擔心自己的房間被人占去，匆忙發問。

「是橫州的『七殺門』門主耿天尊帶著門下的十三太保，前來借住。」烏有道長說。

「他們要參加六月舉行的洛陽拳鬥大會，所以提早前來做準備。」

「七殺門？聽著就是個邪惡的門派！」提壺道人得隙便詆譭兩句，免得烏有道長再也不看重自己。

「七殺門之名來自於七殺拳。」烏有道長笑道。「當今天下的拳法，就屬形意拳與七殺拳最強。四年前的第一屆洛陽拳鬥大會，最後的冠軍決戰就是形意門掌門霍連奇對上了七殺門門主耿天尊，雙方打得天昏地暗，最後霍連奇略勝一籌，奪得冠軍。耿天尊門主一直耿耿於懷，誓言今年必要雪恥！」

「唉，我看他們不行啦！」提壺道人再往柴裡添油。

烏有道長笑道：「據說霍連奇這幾年都在外面雲遊，尋找后羿神弓，不會參加這一屆拳鬥大會，形意門由他的女兒和兩名大弟子當家，所以應該不會是耿門主的對手。」

莫奈何聽到什麼「后羿神弓」，心頭一動，正想追問，幾名華衣僕從急匆匆的走來，見了莫奈何倒頭便拜，行了個大禮：「俞公子有請小莫道長至『天下第一莊』一敘！」

提壺道人這可真正的楞住了。「連第五公子都把他當成了座上賓？這個小渾頭還真能混啊！」

天下第一莊

俞家莊的大門前貼著家傳對聯：「綽綽有俞」、「年年有俞」，橫批是「富貴有俞」。

文載道等人被僕從們簇擁著進入不知多深、多大的莊園，屋宇連雲，樓閣林立，花田草木一直延伸到望不見盡頭的地平線。

「安得廣廈千萬間，大庇天下寒士盡歡顏！」顧寒袖不由發出感嘆，嘆完了又覺得不妥。他並非攀炎附勢之徒，本不想來的，那劉娥也好像不願和俞公子打交道，並沒有與眾人同行。

一路上，僕從們介紹著莊園內的各種情形：「本莊有賓客三千多人，分成『天地玄黃宇宙洪荒』八個等級，食衣住行也都各按等級分配。」

顧寒袖哼道：「朝廷命官有九品，你們卻分成八等，好大的派頭！」

一個年長的僕從笑道：「當然要比朝廷少一些些，否則俞公子不就是皇帝啦？」

顧寒袖心中不滿：「這俞公子處處自比帝王，還號稱什麼天下第一莊，我看將來必定沒有好下場！」

梳雲道：「他們吃飯也分成八等？」

「當然。本莊有八個大廚房、一個小廚房，小廚房是公子與貴賓專用的。」

「我們算是貴賓嗎？」

「當然是貴賓。」

「酒分成幾等？」

「也有八個等級。」

「好咧。」梳雲喜道。「可以嘗嘗貴賓等級的好酒了。」

好不容易來到正廳，俞篋至下了大轎，陪同眾人一起走入那無比寬敞的巨大廳堂，已有許多「天」字等級的食客在內等待，看樣子並無飽學鴻儒或江湖豪俠，而都是些工匠之類的人物。

顧寒袖心忖：「這俞公子的識人標準倒挺奇怪。」

莫奈何眼尖，走到一個頭戴氈帽的年輕人面前，把他的帽子一摘，他的額頭上竟然還多長了一隻眼睛。

「你是『奇肱國』的任天翔嘛！」

原來一個月前，莫奈何、梅如是等人在解救顧寒袖的途中，爲了要趕到崑崙山，便根據《山海經》的記載，找上了擅於製造飛車的奇肱國。

奇肱國人都生著三隻眼睛，只有一條手臂，這任天翔便是國中飛車造得最好的人。

「你來這兒發展飛車事業，洛陽就不會堵轎啦！」

任天翔怯生生的笑著，似乎還不太適應中原文化。

「這俞公子究竟在打什麼算盤呢？」顧寒袖又止不住暗犯嘀咕。

梅如是論劍

這是一場非常實際的宴會，沒有腐儒的高談闊論，沒有窮酸的吟詩作對，更沒有江湖蠢漢的胡亂吹噓，大家飯來就吃，酒來就喝，一點都不囉唆。

尤其是梳雲，別人的酒才過三巡，她已喝了五、六壺，還在不停大叫：「再換種新的來嘗嘗！」

等到大家都吃飽喝足之後，俞啖至便目注梅如是，道：「在下很想聽聽梅姑娘對王屋、雁蕩、青城三大劍派鎮派之寶的意見？」

梅如是娓娓道來：「先說雁蕩派的湛盧劍，此劍現爲劍王之王項大哥所有。昔年，越王勾踐的父親允常請求一代鑄劍大師歐冶子爲己鑄劍。歐冶子窮其精術，三年後而劍成，共鑄大劍三、小劍二——湛盧、純鈞、勝邪、魚腸、巨闕，其中尤以湛盧爲最。」

「何以見得？」

「湛盧劍通體純黑，乃五金之英、太陽之精，但人主君王若有逆理之謀，此劍即會自行離去……」

梳雲大叫：「眞有這麼神嗎？」

「越國後來屢敗於吳國，越王允常的五柄寶劍也散落各處。吳王闔閭得到了湛盧、勝邪、魚腸三劍，但他爲君無道，他的女兒病死，他居然坑殺一萬名百姓給其女陪葬，吳人悲怨萬分，湛盧劍便去之如水，行秦過楚。楚國適值昭王在位，一日他從睡夢中醒來，竟看見此劍橫放在枕邊，後人因謂：『去無道以就有道，故湛盧入楚』，所以從此之後，大家都把湛盧當成可以預示國家興亡的仁者之劍！」

一干甲等食客都發出驚嘆之聲。

俞啖至道：「江湖傳言，項宗羽辣手仁心，果然佩得此劍！」

文載道暗想：「梅妹說得這麼多，我反正都記不住，聽了也是白聽。」轉眼望向廳外，一隻烏鴉飛了過來，停在欄杆上，似也在聆聽梅如是的高論。

烏鴉當然是通體皆黑，但這一隻倒奇怪，額頭上生著一塊馬才有的菱形白斑。

又聽梅如是道：「再說王屋派的太阿劍，此劍現在劍神呂宗布手中。當年楚王令風胡子攜重金至吳國，請歐冶子、干將鑄鐵劍，兩人鑿茨山，洩其溪，取鐵英，作鐵劍三枚，一曰龍淵，二曰太阿，三曰工布。後來，晉鄙王想跟楚王索討，楚王當然不給，晉鄙王就興兵包圍楚國國都，三年不退兵，使得楚國糧食缺乏、群臣束手，楚王便手持太阿，登上城樓一揮，敵軍陣中立時三軍破敗，士卒迷惑，流血千里，江水折揚，晉鄙王的頭髮瞬間全白！所以太阿乃是霸王之劍。」

「果眞霸道！」

文載道又見廳外來了一隻連脖子都被肥油埋掉了的大胖貓，悄悄掩至欄杆下，貪饞的盯著烏鴉。

這貓也怪，通常只有黑頭白身的貓，這貓卻是白頭黑身，尾巴與四隻腳掌也都是白的。

文載道暗自好笑：「這貓如此臃腫，怎麼抓得到烏鴉？」

梅如是續道：「最後說到青城派的干將。歐冶子有一個女兒，名叫莫邪，她嫁給了干將。後來，吳王闔閭命干將鑄劍，但鐵汁不下，夫妻倆坐困愁城。干將忽然想起當年歐冶子曾經說過，鐵汁不下的時候，就要讓女人擔任爐神，莫邪一聽，毫不猶豫的躍入火中，鐵汁立刻泉湧而出，鑄成了兩把劍，雄劍名曰『干將』，雌劍名曰『莫邪』，後人因此認爲這兩柄劍爲情人之劍。聽說青城掌門本來想把干將賜給劍怪程宗咬，但他卻不肯用。」

俞馠至神凝雙目，鄭重萬分的道：「在下聽說，舉世最鋒利的劍其實是『莫邪』，不知確也不確？」

梅如是楞了楞：「倒沒聽過這種說法。」

俞馠至笑道：「這就說到重點了，在下近年聽聞此說，所以才想請女子鑄劍，結果可能會很不一樣！」

顧寒袖當即猛搖其頭：「女子鑄劍，大悖聖賢之道，不應爲也！」

梅如是心中不以爲然，但只低頭不語。

俞啖至白玉般的臉上閃過一絲不屑之色：「此乃世俗之見，顧公子人中龍鳳，怎麼也會有這種想法？」

顧寒袖還想再加以申說，俞啖至已把臉朝向天字號的甲等眾賓客：「大家也都知道，世俗之見最難糾正，所以今天我也就不多費唇舌了。」毫不著力的一句話，就把顧寒袖撇開到了九霄雲外。

顧寒袖一口氣憋在咽喉，竟爾發不出來。

俞啖至再也不理他，繼續向眾賓客問道：「各位可曾聽說有關后羿神弓與九顆太陽的傳聞？」

梳雲把酒杯一放，叫著：「這我知道！我昨天晚上才聽賀蘭老爺爺……」話還沒說完呢，就「咕咚」一聲把頭撞在桌子上，原來已經喝醉了！

烏鴉、櫻桃與貓

文載道躺在天字等級的客房床上，正想好好的睡上一覺，忽然聽見窗外一隻烏鴉呱呱呱的叫了起來。

文載道睜眼一看，皎潔的月光透入房中，窗紙上映著一根光禿禿的樹枝，似是剛才在大廳裡看見的那隻烏鴉站在樹枝上直勁叫。

文載道不滿嘀咕：「唉喲，臭烏鴉，去別處叫吧！」

那烏鴉道：「我叫我的，干你啥事？」

「烏鴉怎麼會說話？」文載道嚇了一跳，坐起身來，可又覺得庸人自擾。「大概是隔壁的小莫道士在說夢話吧？」

莫奈何住在文載道左邊的客房內，聲音當然可能傳得過來。

文載道自我消遣了一番，倒頭便睡，窗紙上可又出現一隻圓滾滾的大肥貓，偷偷的爬上樹枝，朝那烏鴉掩襲過去。

文載道幸災樂禍的心想：「快把那烏鴉抓了吃了！」略一思忖之後，又頗覺不忍，仰起上半身叫道：「兀那胖貓，別做傷天害理的事情！」

那貓怒道：「貓抓烏鴉，天經地義，要你管什麼閒事？」

文載道又嚇一跳，繼而心道：「大概是顧兄在說夢話？」

顧寒袖就住在右邊的客房，這一推測當然也合情理。

文載道又想躺下去，忽覺眼睛一花，光禿禿的樹枝上不知何時竟多了一顆碩大無朋的果實，正好橫在烏鴉與肥貓之間。

烏鴉冷哼道：「櫻桃，妳總算出面了！住在莫奈何的葫蘆裡，日子過得可好？」

文載道暗笑。「世上哪有這麼大的櫻桃？那笨烏鴉竟然不認得果子，把西瓜當成了櫻桃。」

那「櫻桃」的剪影映在窗紙上，圓弧形的右邊竟似生了張嘴，開開闔闔的說起話來：「烏鴉兄，好久不見，原來躲到這兒來了！」又道：「貓妹妹，怎麼愈來愈胖了？」

那肥貓笑道：「這裡有九間廚房，偷吃完一間又偷一間，不知不覺就……嘻嘻，喵喵！」

文載道再也不能當成是有人在說夢話了，慌忙把頭埋進被窩裡，嚇得渾身發抖。

卻聽那櫻桃道：「兩位今夜不是衝著我來的吧？」

烏鴉呱呱道：「半個多月前，妳幫著燕行空、項宗羽、莫奈何等人在崑崙山上大殺妖怪，於心何忍？」

肥貓也道：「妳太不講江湖道義了！」

櫻桃哈哈大笑：「少跟我來這套！我們妖類是不會互相幫忙的，燕行空他們大殺妖怪，干我屁事？換成你倆，還不是一樣坐在旁邊看熱鬧？」

「話是沒錯。」烏鴉呶呶。「但我們仍然看不慣妳爲虎作倀！」

「別借題發揮！你們不過就是想打莫奈何的主意罷了！」櫻桃厲聲。「我告訴你們，想都別想，莫奈何可是我的禁臠！」

文載道聽得一楞：「禁臠？什麼意思啊？」

原來這櫻桃當年因爲生長在樹上的位置絕佳，得以盡量吸收日月精華，七千多年下來，一顆小小的櫻桃竟變成了西瓜般大，並且修得了一些成果，可以化爲人形，到處搗蛋做怪。

但她仍嫌不夠，還想多多吸取男子的元陽，以更上一層樓，其中尤以處男的元陽最爲滋補寶貴，一個處男可以比得上一百二十五萬個隨意亂噴亂射的爛貨。

後來她碰到了莫奈何，一眼就看出他是個百分之百的處男，當然想盡辦法去勾引他，然而直到今天還未能得手，她只好死死的跟定他，還要千方百計的保護他不受別的妖怪荼毒、不受別的姑娘誘惑。

但她的道行有限，膽子又小，既怕水、又怕火，又怕寶刀寶劍、和尙道士，有時候反而需要莫奈何來保護她。

一人一妖處在一種極其微妙的狀態之中。

肥貓笑道：「櫻桃姐，何必如此，既有雨露，大家均霑嘛，喵喵！」

櫻桃憤聲怒吼：「莫奈何的雨露，每一滴都是我的！」

烏鴉嘰嘰笑：「我說櫻桃姐啊，我看妳到頭來根本白忙一場！」

櫻桃氣道：「你這話什麼意思？」

烏鴉道：「誰不曉得莫奈何眞正愛的是梅如是那小妞兒，到頭來，他的元陽統統都給了她，哪會有妳的一滴半點？」

文載道暗道：「原來那小道士還有這些想頭？顧兄與梅妹早就互訂終生，情若金石，他豈不是癡心妄想？」

只聽櫻桃桀桀怪笑：「你們只知其一，不知其二。三個月前的某一天，鯰魚兒把那小妞兒迷昏了，擄了去，脫得光光的擺在床上欣賞。莫奈何借了項宗羽的湛盧劍去找鯰魚兒拚命——你們也知道，妖怪最怕寶劍寶刀！鯰魚兒被那湛盧劍殺得落荒而逃，留下兀自昏迷、光溜溜的梅如是躺在那兒，你們猜那莫奈何怎生反應？」

「當然迫不及待的趴了上去！」烏鴉呱呱。

「先從頭舐到腳？」肥貓喵喵。

「才不咧！他只是急著幫她穿衣服，心中一絲邪念也無！」

文載道暗暗點頭。「小道士可眞是個正人君子。」

櫻桃續道：「所以莫奈何雖然暗戀梅如是，但他是把她當成女神一樣的崇拜，我一點都不擔心他倆日後眞的會結爲夫妻，到頭來，他必定是我的囊中之物！」

烏鴉中就屬烏鴉最爲聰明，點了點頭道：「梅如是學有專精，當然不會傾心於那個渾頭小道士，我看今晚宴會上的情形，將來恐怕連顧寒袖都難以得到梅如是的青睞。」

肥貓道：「是啊，應該只有俞公子才配得上她！」

文載道猛然一驚。「莫非那俞倓至請梅妹來鑄劍是別有用心？顧兄可得留神了！」

「唉，別提他們了，干我們啥事？」烏鴉陰森森的道。「我們還是討論一下，要怎麼分配莫奈何吧！」

處男爭奪戰

櫻桃妖勃然大怒：「分配個屁！你們憑什麼跟我分？」

映在窗紙上的果子突然變成了一個粗壯無比的大娘身影：「就憑你們兩個也想占我的便宜？你們一起來吧！」

烏鴉嗆嗆狂笑：「我還怕了妳不成？」雙翅一展，變成了一隻巨鷹，嘴鉤爪利，煞是威猛！

那貓也把背一弓，脹大了不少，但仍是隻看不見脖子的貓。

「你們就只有這種道行？」櫻桃大娘一伸右手抓住巨鷹的一根翅膀，提起罈大的左拳，搗得那鷹吱吱叫，羽毛散落一地。

肥貓張牙舞爪的想從後面偷襲，被櫻桃大娘一腳踢中肚皮，當下毛毛蟲似的窩成一團，更像顆圓滾滾的球。

「櫻桃，饒命！」烏鴉、肥貓一起大喊。「沒想到妳這麼厲害！」

櫻桃妖已有七千年道行，烏鴉與肥貓都還不上三千年，當然不是對手。

櫻桃洋洋得意：「我已經學會了三種變化——大娘、少婦、美少女！」

「我只會一種。」烏鴉喪氣。「變成那老鷹似乎也沒什麼用。」

「我肚子裡的肥油太多，所以沒什麼長進。」肥貓頹然。「不過最起碼，肥油擋住了妳剛才的那一腳。」

櫻桃心中充滿了美麗憧憬：「等我吸取了莫奈何的元陽，九九八十一變應該就不難達成了。」

「是啊！」肥貓很想流口水。「可惜妳竟不願意分我們一杯羹！」

「你們爲什麼不去找別的處男呢？」櫻桃說。「眼前不就有一個現成的嗎？」

烏鴉、肥貓齊聲：「妳是說那文載道？」

文載道嚇了一大跳。「怎麼把腦筋動到我頭上來了？」

三條黑影一起湊到窗紙上：「文載道，別裝睡，我們知道你還醒著！」

文載道發抖道：「我早就已經睡熟了，別吵我！」

肥貓道：「老實說，你碰過女人沒有？」

「沒有！當然沒有！」

烏鴉道：「那你打過手銃沒有？」

「打……打過一次。」

「啊——」烏鴉、肥貓的失望號叫，響徹樹林。

櫻桃道：「沒關係，才一次而已，元陽還很充盈。」

「眞的只有一次嗎？」烏鴉嚴厲追究。

刹那間，文載道回到了少年時代，父親常把他叫入房中，板臉教訓：「你快長大了，記住，你在睡覺的時候，手不要亂摸亂玩，懂嗎？這是聖賢決不允許的行爲！」

每一次，文載道都低著頭回答：「我沒有……我不會……」

此刻，文載道受不了良心的譴責，哭了出來：「其實……一共有三次……」

「啊———」慘叫之聲更加震耳欲聾。

櫻桃連聲安慰：「還好啦，還好啦！」

文載道雖然摔壞了腦袋，總有福至心靈的時候，尋思道：「不對啊，我怎能惹他們垂涎呢？當然要把自己說得愈爛愈好！」

當下大叫起來：「我……我天天打，我每天晚上都打，我爹爲了這事把我趕出家門，我就是因爲打得頭昏眼花，那天才會摔跤，摔成了白癡！」

他話還沒說完，烏鴉與肥貓就已經走掉了，他們才不想把時間浪費在這種爛貨的身上。

文載道冷汗直冒，暗自慶幸：「活在這世道裡，還眞不能潔身自愛、恪遵聖賢教誨呢！」

關於女人的事業

文載道一整夜惡夢連連，清早起床，頭重腳輕，一搖三晃的走到庭院裡，莫奈何正蹲在樹下餵那隻白頭黑身的大肥貓。

莫奈何見他無精打彩的模樣，笑問：「怎麼，那麼舒服的床，竟沒睡好？」

文載道唉道：「昨晚看了一整夜的皮影戲，弄得我好累！」惡狠狠的瞪了那貓一眼，蹲在莫奈何身邊。「小莫道長，你……你的那隻葫蘆裡有存放櫻桃嗎？」

莫奈何一楞，暗想：「他怎麼知道櫻桃妖住在我的葫蘆裡？這呆子可不簡單！」嘴上亂應：「什麼櫻桃？只是放了些葡萄，想釀葡萄酒。」

文載道放下了心，想著：「可能只是一場惡夢吧？」伸手摸了摸那肥貓，馬上就被抓了一把，手背上四條血痕。

莫奈何忙道：「不知貓會傷人嗎？」

文載道意味深長的說：「櫻桃也是會傷人的呢！」

惹得葫蘆裡的櫻桃妖恨恨心忖：「這呆子再多說一句，我就把他掐死！」

只聽一男一女的聲音從魚池後的假山上傳來，男的說：「反正我今日就走，多留一日也是不願！」

女的道：「表哥，我好不容易有了這個一展抱負的機會，你就不能支持我一次嗎？」

卻是顧寒袖與梅如是。

「我真不願再看到那俞公子的嘴臉！」顧寒袖悶悶的哼了一聲，道：「而且，如是，我覺得他醉翁之意不在酒。」

「你……這什麼意思？」

「我覺得他根本是想追求妳！」

梅如是登即一窒，繼而失笑：「表哥，你不會太多心了嗎？」

「這是我男人的直覺！」看得出來，顧寒袖極爲煩惱。

其實，莫奈何聽在耳裡更加煩惱。他暗戀梅如是已到了病入膏肓的程度，但爲了她的幸福著想，一直在心中祝福她能跟青梅竹馬、才學蓋世的表哥白首偕老，現在又無端跑出了個貌賽潘安、財勢滔天的俞啖至，使得他淒美的惆悵之中又添加了無邊絕望。

「總而言之，我現在就走，妳若想留下來，就隨妳的便！」顧寒袖意頗決絕的走回客房。

梅如是頹然坐倒在魚池旁邊，暗暗垂淚。

文載道、莫奈何趕緊湊了過去。

「梅妹，別傷心。」文載道說，心中卻道：「顧兄只是醋勁發了。」

「梅姑娘，不要哭。」莫奈何說，心中卻道：「妳一哭，我心都碎了。」

梅如是乍見他二人，愈發止不住淚下，因為他倆現在可算是她最親近的人了：「你們說，我該怎麼辦？」

文載道只能記得幼時經常聽到的成語，乾咳幾聲道：「這個嘛，嫁雞隨雞，嫁狗隨狗……」

莫奈何皺眉道：「話怎能這麼說？每個人有每個人的志業，誰都不應該委屈誰。」

文載道又乾咳著說：「女人的志業不都是應該相夫教子嗎？」

櫻桃妖雖然把梅如是當成潛在的情敵，但她畢竟是個雌性的妖怪，忍不住在葫蘆裡發話道：「梅如是，妳不顧性命的救了顧寒袖，他卻一點都不感激妳，像話嗎這？他如果是個人，總該有所回報才對呀！」

文載道嚇了一跳：「我說你這……呃，忘了你的名字……你這葫蘆裡怎麼有人說話？」

莫奈何笑道：「哪有？我學過腹語術。」一面說，一面用力敲了敲葫蘆，示意櫻桃妖閉嘴。

文載道不滿道：「你這是教導梅妹施恩求報，很無恥咧！」

櫻桃妖怒道：「受恩不報，豈不是更無恥？」

兩人竟吵了起來。

「你們都別再說了！」梅如是心煩意亂，快步走往亭園深處。

嚇死人的小同鄉

顧寒袖揹著簡單的行李，憂悶難當的往天下第一莊外行去，文載道追了上來。

「顧兄啊……」

「文兄，你們剛才說了些什麼？」當然還是關心梅如是的決定。

「唉，跟一個葫蘆吵了一架！」文載道說。「你真的要走了嗎？」

「留此無益！」顧寒袖鐵了心。

「那我也跟你一起走。」文載道當然要力挺小同鄉與當年和自己齊名的才子，不過，他還是試探著問：「梅妹從小就想成爲鑄劍師，恐怕不會隨便放棄吧？」

「我當然知道。」顧寒袖自有爲難之處。「不瞞文兄，家母早就跟我說過，顧家的媳婦應該就是一個賢妻良母，不容許她成天在外拋頭露面，做自己的事業。」

文載道一愣：「這不正是針對梅妹而發的嗎？」

「沒錯……」

顧寒袖幼年喪父，由寡母一手帶大，母親之命自然不能不遵。

文載道重嘆口氣：「這就難辦了，一定要梅妹放棄鑄劍，那不比殺了她還難受？」

「還有，我非常看不慣那俞公子。」顧寒袖一臉忿忿然。「此人包藏禍心，將來不曉得會幹出什麼事情！」

文載道不好明說他只是亂吃飛醋，岔開話題：「剛才那個姓什麼的道士……」

「小莫道長？」

「對對對，他的葫蘆說……」

「他的葫蘆會說話？」

「是啊，我也覺得奇怪。總之，他的葫蘆說，梅妹曾經不顧性命的救過你？」

顧寒袖苦笑起來：「自從我落榜返鄉、患病暈倒之後，到底發生了什麼事情，就像在做夢，時而記起了些什麼，但若仔細去想，又愈發覺得模糊，如同在霧中行走，時真時幻、時遠時近……」

文載道深鎖眉頭：「你這症狀，跟我摔壞了腦袋可是大不相同，我的記憶很明確，就是什麼都沒啦！」

「我只知道，等我十分清醒的時候，竟發現自己正站在崑崙山頂上！」顧寒袖露出困惑的表情。「他們告訴我說，我把靈魂出賣給了惡魔，惡魔挖走了我的心臟，把我變成一具行屍，我每到夜晚，臉就變得青紅紫綠，牙齒變得很長很長，然後『虎虎虎』的叫著，到處去抓人來吃。」

文載道愈聽，身體就離得顧寒袖愈遠：「顧兄啊——你別嚇我！」

「他們還說，我的心臟這邊是個大洞，可以伸過一根海碗粗細的木棒，把我扛起來走，就跟抬轎子一樣。」

「顧兄啊——」

「他們還說，我嗅著熟肉就覺得臭，一定要吃生的，還要帶血的，血愈多愈好。」

「顧兄啊——」

「後來他們打死了妖怪，把我的心又裝回去了。我現在倒是好好的，不信你可以摸摸看。」

「顧兄啊——」

一個邊聽邊跑、一個邊說邊追，兩人不知不覺就走出了天下第一莊，朝洛陽行去。

文載道終於定下神：「顧兄，你相信他們的這套說法嗎？」

「我當然不信！但是他們為何要騙我？」顧寒袖一臉茫然。「他們之中，有如是、有名震天下的大俠、有日進斗金的大掌櫃，他們騙我幹嘛咧？」

忽然，一個巴掌拍在文載道背上，力道之重，害得他踉蹌了好幾步，回頭一看，卻是梳雲。

梳雲親熱的摟住他的肩膀：「怎麼，你也要回洛陽去啦？」

文載道苦笑：「就是不想看到妳……」見她猛地圓瞪起眼來，慌忙改口：「不，我是說，不想看到妳喝醉的樣子。」

「唉，這裡的酒一點都不好喝，不夠辣、不夠勁兒、太香，還什麼天下第一莊呢，我還是回洛陽去找酒喝。」

梳雲又重重的拍了顧寒袖的後背一下，害得他差點吐血：「怎麼，跟你的美姑娘鬧翻了呀？」

文載道大驚：「他的心剛剛才裝回去，妳別把它拍出來了！」

梳雲哈哈大笑：「你們兩個不都是讀書相公嗎？怎地滿嘴胡說八道？」

「這位，呃，忘了妳姓什麼……不管啦，倒要請問妳一下。」文載道嚥下一口唾沫。

「妳相不相信這個世界上有惡魔妖怪？」

「子不語那個什麼？」梳雲搖頭。「當然不信。難道你們相信嗎？」

文載道一指顧寒袖，結結巴巴：「他……」

顧寒袖忙道：「別提了！」

文載道便又指著自己。「我……昨天晚上有一隻貓、一隻烏鴉跟一顆櫻桃，在我的窗外嘀嘀咕咕……」

「貓跟烏鴉本來就吵，沒什麼好大驚小怪的，但那櫻桃怎麼吵啊？」

「他們說……」文載道雖然健忘，但對他們爭奪元陽的話題記得一清二楚，可是這怎能對女子明言？只得嘆口氣道：「唉，算了算了，不說了，應該是我自己的腦袋壞掉了。」

顧寒袖關心詢問：「你這回來洛陽求醫看診，可有進展？」

文載道頹然搖頭：「洛陽第一名醫嚴洛王說我這病恐怕醫不好了。」

梳雲失笑：「你找閻羅王看病，怎麼會醫得好？」

顧寒袖想了想：「《山海經》裡提到一種果實，可以增強人的記憶力，不知確也不確？」

梳雲道：「《山海經》？是本什麼樣的書啊？」

天下第一奇書

顧寒袖道：「《山海經》可算是有史以來第一奇書。它的作者不只一人，許多內容來自於口頭傳說，成書的年代也無法考證，一般說來，大約是在戰國初年至漢朝初年。它記載了許多遠古時代的神話與各種怪獸、怪鳥、怪植物，又包括了巫術、宗教、歷史、地理、礦物、醫藥、各地風俗、各國風情與各民族的起源等等。其中最詳細的就是對於崑崙山眾神的描述。」

「崑崙山眾神？」梳雲更加迷糊。「從沒聽說過。」

顧寒袖道：「後世之人對於這些或者一無所知，或者視爲無稽之談。我本來也……但是現在……咳咳！」

櫔木之果

文載道忙道：「你快說說那增強記憶力的果子，否則我等下又忘了問！」

顧寒袖道：「那是一種名叫櫔木的果實。《山海經》的〈中山經〉裡有記載：『歷兒之山』上有櫔木，方莖而圓葉，黃華而毛，其實如揀，服之不忘。就是說櫔木的莖是方的，葉子是圓的，開著黃色的花，果實如手指般大，人吃了以後就可以有過目不忘的本領。」

又找補著說：「咱們小時候的啓蒙老師郭老頭兒還考證說，這種揀果白色有黏性，可以拿來洗衣服。」

「歷兒之山在哪裡？」

「《山海經》裡記載的都是遠古地名，需要慢慢考證，方知端底。」

「慢慢考證？」文載道苦笑。「我考前面就忘了後面，證後面就忘了前面，怎麼考證？」

三人正好走到一間茶館前，便進去點了一壺茶，跟店家索了紙筆。

「你不是有本隨身攜帶的小冊子？」梳雲比文載道本人還清楚他的習慣。「快拿出來啊。」

文載道傻笑：「是哦，都忘了。」

顧寒袖失笑道：「那我寫在這冊子上有什麼用？不如這樣。」揮筆把摘要寫在一張小紙條上，摺了摺，放在文載道的髮髻裡。「你總不會忘了洗頭吧？」

「洗頭、洗澡倒是不會忘。」

三人喝完茶，慢慢遛達回進財大酒樓。

店小二張小袞正架起一把梯子，站在上面擦拭大門上的招牌，忽見顧寒袖走來，嚇得屁滾尿流，從梯子上一骨碌的滾落地面，顧不得屁股生疼，跌跌撞撞的衝入店內，嘶聲大嚷：「那個吃人的殭屍又來了！」

大掌櫃邢進財氣得打了他一巴掌：「誰是殭屍？顧相公是我的同伴！」

張小袞哪裡搞得清楚後來發生了什麼事？反正只要看見顧寒袖，跑就對了！

這邢進財乃是天神刑天留在人間的第三百零二代子孫。刑氏家族中，燕行空是族長，但以他的輩分最高，在崑崙山除魔一役中，也出了不少力，昨天才跟莫奈何、項宗羽、梅如是、顧寒袖等人返回洛陽。

然而他一回來就弄了一肚子氣，他把整座酒樓託付給最可靠的龔美掌管，龔美卻打從昨晚就不見人影，想跟他對個帳，他總不能就這樣平空消失了吧？

這會兒看見老是打破盤子的洗碗工音兒經過，便問著：「妳有看見龔美嗎？」

音兒笑道：「他呀，不是整天都坐在櫃檯裡的嗎？他可盡責了，打從您離開後，他就寸步不離酒樓，所有的事情一把抓，一張桌子沒擦乾淨，他也知道；一個碗沒洗乾淨，他也知道；一張床沒鋪好，他也知道；一扇窗子沒擦透亮，他也知道……」

音兒的聲音好聽極了，但問題是，只要她一開口，就像一串在風中打轉的風鈴，永遠沒有停止的時候。

「好了好了。」邢進財頭人如斗。「妳快去洗碗吧。」

「這麼早有什麼碗好洗？說起這洗碗啊，可有學問了，有些碗就是不好洗，怎麼說呢？就是當初的設計有問題……」

「好了啦！」邢進財幾乎是用吼的。「沒碗洗，就去睡覺！」

音兒不爽的噘著小嘴走開了，邢進財又生了一回悶氣，張小衰又屁滾尿流的衝了回來：「殺人啦！後頭打起來啦！」

「居然有人敢在太歲頭上動土？」

邢進財抄起自己慣用的金算盤，衝向後院。

刀劍鬥

後院主要就是劉娥居住的甲號大院，這時可熱鬧了！

四名青衫劍客正跟五個藍衣刀客鬥成一團。

劍客們的劍法正中有奇、明裡帶暗，顯然出自於名門正派；刀客們則都手使當時少見的雁翎刀，招數凌厲詭譎，跟中原刀法有很大的差異。

邢進財怒吼：「要打去別處打！」

金算盤上面的每一顆珠子都是致命的暗器，此時的邢進財不願傷人，只把算盤舞得跟棵搖錢樹相似，一陣叮叮咚咚過後，所有的刀劍都被他架開。

「你們是哪條道上的？敢在我這裡撒野？」

梳雲和文載道也趕了過來，梳雲指著藍衣刀客大罵：「你們太放肆了，趁我不在就胡作非爲？」

藍衣刀客們連忙恭敬行禮：「大小姐，是他們惹上我們的！」

文載道心忖：「原來這些刀客都是梳雲姑娘的隨從？她的來頭可不小！」

劉娥也從大院的正房內走出，盯著青衫劍客蹙眉責問：「你們爲何與人廝打？」

這些青衫劍客都是劉娥的隨從，平常總是隱藏得讓人看不見。

青衫劍客一起躬身行禮：「我們要抓刺客，卻被他們阻攔，顯然是同路人。」

藍衣刀客怒道：「誰是刺客？」

青衫劍客怒道：「那你們添什麼亂？」

邢進財忙一揮手：「先別忙著吵，說清楚，什麼刺客，想刺誰？」

這時又見洛陽的副總捕頭鄭千鈞帶著兩名捕快董霸、薛超急匆匆的走了過來。

「鄭副總？何事勞您大駕光臨？」邢進財隱約嗅到一絲不祥的氣味。

「你指派的那個臨時大掌櫃叫作龔美，是吧？」

「沒錯，他怎麼了？」

「剛才有人報案，說他死在房客劉娥的房裡！」

劉娥的困境

龔美的屍體就躺在房間正中央，胸口上插著一柄短刀，正好刺入心臟。

邢進財嘆道：「我還以爲你捲款潛逃了呢，不料卻死在這裡！」轉而怒視劉娥。「妳爲什麼要殺他？」

劉娥的青衫隨從立刻暴叱：「休得無禮！」

鄭千鈞乾咳幾聲，質問劉娥：「夫人可有看見兇手？」

「當然有。」劉娥很冷靜，出奇的冷靜。「是一個穿著黑衣的刺客。」

「夫人可認識他？」

「不認識。」

「那麼，夫人可認識龔美？他爲何會在夫人房中？」

劉娥不說話了。

鄭千鈞心想：「兇殺不外財殺、仇殺、情殺與偶然間的意氣之爭。這件案子從案發現場看來，不是仇殺便是情殺，當然都跟這貴婦人脫不了干係。」嘴上哼哼：「說不得，得請夫人到衙門去走一趟了。」

店小二張小衰已向董霸、薛超供出劉娥這幾天都跟文載道、梳雲混在一起，所以兩人也被押住。

「幹嘛啊？」梳雲嚷嚷，捲起袖子就想打架。

邢進財忍住氣，道：「姑娘且請稍安毋躁，就當是上公堂觀光遊覽一回吧。」

邢進財當然也被當成了重要人證，將要面對本世紀最荒唐的一次審判。

天下第一神捕

洛陽知府羅奎政自從兩個多月前遭遇了一場妖怪事件之後，精神就有點不正常。他沒等人犯到來，就先坐上了公堂，指著匆匆忙忙隨後趕至的刑名師爺罵道：「大膽！見了本官居然不下跪，放肆！來人哪，拖下去，先打二十大板再說！」

師爺只挨了六板就暈過去了。

這時副捕頭鄭千鈞才帶著劉娥、文載道一干人等進入衙門，許多看熱鬧的百姓也都亂糟糟的跟在後面。

進財大酒樓的臨時掌櫃被殺，可是件大事呢！

鄭千鈞上前覆命：「啓稟大人，人犯帶到！」

羅奎政厭惡的瞟了他一眼：「你是什麼東西？你能辦什麼案？姜無際呢？」

「姜總捕還在家裡躺著呢。」

羅奎政追問：「他昨晚又帶了幾個妞兒回家？」

董霸道：「三個。」

薛超道：「四個。」

「快去叫！他不來，我就不審案！」

文載道悄聲道：「那個姜總捕那麼厲害呀？」

邢進財哼道：「那小子號稱『天下第一神捕』，其實根本浪得虛名，只不過就是個好色如命的痞子罷了。」

文載道猛搔頭：「姜無際？這名字有點熟……」

羅奎政看見他們一堆人全站在那兒，又怒了：「見了本官怎麼都不跪下！可惡！來人哪……」

話還沒說完，青衫劍客們就從百姓叢中走了出來，直上公堂，把原本是刑名師爺坐的椅子搬了過來，讓劉娥坐下。

梳雲笑道：「喲，我的隨從呢？」

有若喚馬似的撮唇一胡哨，人叢中便又走出那五名藍衣刀客，因見公堂上已沒有椅子，其中一人隨手便把庭院中的青石圓凳拆了，單手舉著走上公堂，讓梳雲坐下。

羅奎政發了一會兒楞，腦筋一時連結不起來，只好走回公案後頭，一拍驚堂木：「死者是誰？」

「進財大酒樓的臨時大掌櫃龔美。」

羅奎政又一拍驚堂木：「這還不簡單，就是謀財害命嘛！好啦，破案了！」

這可跟鄭千鈞的推斷不一樣，他搶著發表自己的意見：「啓稟大人，恐怕並非如此，我們還未查清進財大酒樓是否有財物失竊。」

「那你爲何不查？」羅奎政大怒。「拖下去，先打二十大板再說！」

鄭千鈞只挨了九板就暈過去了。

羅奎政又把驚堂木拍得像個貨郎鼓：「把兇手帶上堂來！」

董霸囁嚅道：「啓稟大人，兇手還沒抓到……」

「爲什麼還沒抓到？拖下去，先打二十大板再說！」

董霸只挨了八板就暈過去了。

羅奎政又指著文載道、梳雲、劉娥、邢進財等人：「這些人是幹什麼的？」

薛超可學聰明了，一個字兒也不回答。

梳雲笑道：「我們可都是證人呢！」

「好，把證詞供上來。師爺，快做紀錄。」

衙役們面面相覷，齊聲道：「啓稟大人，師爺已經暈過去了。」

「兇手也沒有，動機也不明，證詞也記錄不了，這是什麼見了鬼的官司嘛？」再一敲驚堂木。「退堂！」

這時，一名年輕人施施然的走了進來。

衙役們躬身行禮：「姜總捕，您終於來了！」

劉娥、梳雲聞言，轉眼去望那天下第一名捕。

只見這姜無際年紀雖輕，臉上卻帶著一種古怪的滄桑神情；頗爲英俊的面龐上，長了一雙不老實的眼睛，毫不掩飾的透出一股邪淫的眼神。

他屌兒郎當的走上公堂，忽然停在梳雲面前，上上下下的瞅著她，好像她是光著身子一般。

梳雲的藍衣隨從勃然大怒：「這痞子好生無禮！」

距離姜無際最近的那名刀客大步上前，一把抓向他肩頭，想將他摔個大跟頭。

孰料這個簡單得不得了的動作，並沒得著相應的效果，明明是手到擒來的一抓，竟抓了個空，怪的是，姜無際仍站在原地，連動都沒有動。

怎麼會這樣呢？難道他竟是一條鬼魂？

那刀客不信邪，再一掌抓出，仍然抓了個空。

其他四名藍衣刀客也覺得不對了，一湧而上，一起朝姜無際招呼過去。

五個人圍成一圈，十手十腳一起動作，對方即使是個鬼，也應該沒有轉圜的空間了吧？

卻不！姜無際仍沒任何動作，那麼多手腳依舊打不到他，反而會互相碰撞在一起。

五名藍衣刀客學武學了這麼多年，連聽都沒聽說過世上竟有這等武功、這種怪事！

梳雲雖然天不怕、地不怕，好歹也是個知機識相之人，眼見這姜無際詭異得像條惡魂靈，心知決計討不了好，斷然喝道：「我們走！」當先轉身朝外走去。

可沒見著人影閃動，姜無際已攔在她面前：「姑娘可願與我共度春宵？」

梳雲氣得不假思索，一巴掌就甩了過去，結結實實的打在姜無際的臉頰上，發出好大一聲脆響。

大家都楞住了。爲什麼她就打得著他？

姜無際色迷迷的笑道：「我就是喜歡被漂亮的女人刷耳光！」

原來他樂在其中呢！

梳雲沒轍兒的怒瞪他一眼，帶著隨從們匆匆離去。

姜無際兀自十分惋惜的望著她的背影，喃喃嘆道：「竟沒把這美人兒搞到手，這個月未免虛度了。」

羅奎政笑道：「姜總捕，別玩了，查案要緊！」

姜無際沒啥興味的走上公堂，經過文載道身邊時，輕笑了一聲：「怎麼又有你？」

文載道一愣：「我認識你嗎？」

姜無際悄聲道：「兩個多月前，你曾經用椅子打暈過知府大人，全都忘了嗎？」

文載道嚇了一大跳：「我有這麼厲害？」

姜無際獎勵似的拍了拍他的肩膀，走到羅奎政面前：「又出了什麼鳥事？」

「出了一件人命大案。」羅奎政手指劉娥。「嫌疑最重的就是她！」

姜無際這才目注劉娥與她身邊的青衫劍客，臉上閃過好幾種複雜的表情：「咳咳……羅大人，後堂說話。」

羅奎政從未見過姜無際的臉上露出爲難的神色，兩人退入後堂之後，他就急急發問：你可知她是誰？

「姜總捕，你怎麼啦？」

姜無際苦笑著說：「那位貴婦的隨從都是王屋派的弟子。」

「那又如何？」羅奎政兀自搞不清楚狀況。

「你可知道王屋派掌門人賀蘭棲眞這幾天正在洛陽？」姜無際道。「你想想看，這位一百一十二歲的老爺子爲什麼會來洛陽？誰又能請得動王屋派的弟子作爲隨從？」

羅奎政有點傻了：「你是說，那婦人大有來頭？」

「自從郭皇后兩年前薨逝之後，『聖人』就一直沒有冊封皇后，你可知道是爲了什麼？」

宋朝時候的臣民往往以「聖人」或「官家」稱呼皇帝。

羅奎政壓低嗓門：「因爲官家想冊封最受寵信的劉美人爲后，但遭到一些元老重臣的反對，聽說是因爲她並無子嗣，且出身寒微……」

姜無際打斷他的話頭：「大人可知劉美人的名諱？」

「我怎會知道宮內貴人的名諱？」

「如我所料不差，那位坐在公堂上的貴婦劉娥，就是當今等同於皇后的劉美人！」

羅奎政雖然腦袋不太清楚，但這一驚，仍然非同小可，連門牙都差點蹦出嘴來：

「我……我居然把皇后抓上了公堂？我……我這條命算是玩完了！」

就在這時，薛超跑了進來：「王屋派的賀蘭老神仙求見！」

皇后的祕密

賀蘭棲眞帶著劉娥進入後堂。

羅奎政發著抖，全不知該如何應對？姜無際則不慌不忙的行了一禮：「卑職拜見美人殿下！」

他這「美人殿下」的敬語雖然離奇，卻是恰到好處。「美人」乃是自漢朝以降宮中嬪妃的位號，殿下則是臣下稱呼皇太后或皇后的敬語，姜無際把這兩個本不相容的稱呼連在一起，可謂面面俱到。

「免禮。」被識破身分的劉娥不無尷尬。

「既然是殿下駕臨，還有什麼好說的？」羅奎政見她竟沒有怪罪自己，喜得抓耳撓腮。

「我馬上派人護送殿下回去。」

「這可不行！」姜無際板起公事公辦的嘴臉。「龔美的死因還是得查清楚！」

羅奎政大驚：「姜總捕，你敢情是活膩了？」

「就算砍了我的腦袋，這案子還是得查到底！」

「人命關天，本該如此。」劉娥露出讚許之色。

「請問美人殿下，龔美是強行進入殿下房中的嗎？」

「不。」劉娥冷靜回答。「是我請他進來的。」

羅奎政暗想：「皇后出宮不見鑾駕儀仗，顯然沒有得到聖上的允許，又在外頭私會男子，這……罪可大了！」不禁替劉娥揑了一把冷汗。

姜無際追問：「殿下爲何要喚龔美入房？」

劉娥沉默了一會兒，坦然道：「他是我的前夫，我有事情要問他。」

羅奎政與姜無際驚呆當場，半晌說不出一句話。

賀蘭棲眞乾咳了兩聲道：「此事不說也罷。」

劉娥苦笑一下。「事情既然已經發生了，再掩蓋也是無益。」

史上最成功的藝人

「我劉家的父祖兩代都是軍籍，先父劉通本是虎捷都指揮使，後來陣歿於沙場，家道因此中落。我十五、六歲時，就在開封街頭擊鞀鼓、唱曲兒為生，沒多久便嫁給銀匠龔美為妻。」

姜無際暗道：「朝中大臣認為她出身寒微，就是因為如此？眞乃偏見做祟！」

「那時皇上才剛成年，受封為『襄王』，年輕人心性，總喜歡在街上遛達。」劉娥臉頰上泛起一片紅潤。「一日他碰見我在街上賣藝，他就有點……有點……」

「神魂顚倒！」姜無際找補著說。

羅奎政暗自驚訝：「她要耍鞀鼓就能讓皇上為之心醉，簡直令人匪夷所思！」

劉娥續道：「襄王爺想把我收入王府為姬，但我是個已婚的婦人，怎有資格受到這份恩寵？我的丈夫龔美為了要擺脫貧困的生活，就出了個主意，他假稱是我的哥哥，讓我得以進入王府。」

其實，劉娥成為襄王的姬妾之後並不順遂，襄王的乳母極為鄙視她的出身，密告當時的皇帝宋太宗。宋太宗勃然大怒，下令把劉娥逐出王府。然而，襄王無法忘情，偷偷的把她養在外面，直到太宗駕崩，襄王繼承大位之後，才光明正大的把劉娥迎回宮中，封為美人，恩寵不衰，成為如今後宮中最有權力的嬪妃。

姜無際咳了一聲道：「殿下已入宮多年，跟前夫龔美應該早已斷了聯繫。」

劉娥點頭道：「那是自然。」

「那麼，此番前來洛陽密會前夫，究竟是爲了何事？」

「我想問他，我們的孩兒現在怎麼樣了？」

原來她跟龔美早已生了孩子！

這件事情若讓皇上知道了，還得了？

羅奎政懷著想要替她掩飾的狗腿心態，乾咳道：「這……漢武帝的母后『孝景王皇后』也是如此，所以沒有什麼……咳咳！」

劉娥瞪了他一眼，嚇得他雙腿發軟，差點跪倒。

劉娥轉目望向賀蘭棲眞：「龔美說，孩子六歲的時候，就把他交給了王屋派收養？」

賀蘭棲眞沉吟半晌，方才緩緩道：「雖說母子天性，但殿下目前實不宜再追究孩子的下落。」

急切的心情，使得劉娥失去了一慣的雍容冷靜，她柳眉倒豎，叱道：「宗玄大師，你這話是什麼意思？我要找我的孩兒，有什麼不妥？」

賀蘭棲眞嘆了口氣，垂眉不語。

姜無際插嘴道：「賀蘭掌門說得不錯，現下最好別再碰這個問題。」

劉娥更怒了：「你不過是個捕頭，這兒豈有你發表意見的餘地？」

姜無際全不膽怯，悠悠笑道：「還未請問殿下，龔美到底是怎麼死的？」

羅奎政怒道：「你怎麼還要追查這種小案？」

姜無際把臉一沉：「第一，任何一件命案都是大案；第二，這就是關鍵所在。」

劉娥忍怒道：「今天早上我喚他入房，還沒問上兩句話，就有一個穿著黑衣的刺客衝進來殺了他。」

「殿下爲何一直用刺客來形容此人？」姜無際總是一句話就能直入核心。

「他沒有搶奪財物，也沒有……」劉娥臉頰微泛紅潤，意思不外「沒劫財也沒劫色」。

「他可有對殿下說出隻字片語？」

「半個字也沒說就走了。」

「所以他的目的就只是要殺龔美。」姜無際續問。「這刺客的長相有何特徵？」

「他的左臉頰上有一顆大黑痣，上面還長著幾根長毛。」

姜無際道：「此人的手法乾淨俐落，顯然是個武林高手。龔美從前可有跟武林中人來往？」

「據我所知，完全沒有。」

「那便不是仇殺，也不是財殺、情殺，他的目的何在？」

姜無際把副捕頭鄭千鈞叫了進來。

剛剛甦醒過來的鄭千鈞見了羅奎政兀自心有餘悸：「大人，別是又要打我板子了吧？」

「你別緊張，是誰跟你報的案？」

鄭千鈞道：「是一個黑衣人，臉上有一顆大黑痣，上面還長著幾根長毛。」

「好，你先出去吧。」支走了鄭千鈞，姜無際才道：「這人把龔美殺死在殿下房中，然後自己又去報案……」

羅奎政嚷嚷：「怪了，他到底想要幹什麼？」

「很顯然，他就是要不利於殿下——把殿下捲入兇殺案，死者還是殿下的前夫，這案子若往上一報，弄得天下皆知，『聖人』會怎麼想？」

任憑劉娥再冷靜，額頭也沁出了汗珠。

姜無際續道：「所以我剛才說，殿下不宜再追究孩子之事，他們若再利用這件事來打擊殿下，那就更難堪了。」

劉娥身子一晃，頹然坐倒。

「是誰這麼膽大妄爲？」羅奎政怒道。「姜總捕，這你一定要查清楚！」

姜無際嘆了口氣：「當然得查。」

劉娥但覺屋裡似有一陣怪風吹過，四面張望了一眼，並沒看見任何異狀，緊接著就見姜無際一屁股坐倒在旁邊的椅子上，一臉灰敗之色，不知怎地渾身是汗，恍若非常疲倦。

劉娥驚道：「你怎麼啦？」

「沒事。」姜無際虛弱的說。「兇手是崆峒派的四大金剛之一『黑面狻猊』伍壁，已然逃出城外。」

劉娥皺眉道：「你是在施妖法嗎？只一剎那你就知道兇手是誰了？」

羅奎政陪笑道：「我們這姜總捕確實有這能耐，誰都搞不清楚他是如何辦到的，但他的破案率與準確度，向都是百分之百，而且有時候破案的速度快得嚇人！」

姜無際自顧自的說道：「崆峒派只不過是一個普通的武林幫派，爲何會幹出這種事？可見他們背後定有一隻大黑手，竟然想伸入皇室之中攪翻一鍋粥！」

羅奎政道：「殿下放心，卑職一定會先把這件案子壓下來！」

姜無際悠悠道：「龔美的命案當然不能隨便帶過，兇手還是要抓的。」

劉娥沉默不語，感覺到一個絕大的陰謀正在暗中逼近、逐漸成形。

老虎是吃什麼長大的？

桃花萬點，繁若織錦，旺若煙火齊發。

劍神呂宗布行走於不見盡頭的桃林之中，心中狐疑：「這是什麼地方？我爲什麼會在這裡？」

小徑幽深，百轉千迴，無數桃花蒸吐出迷霧般的氤氳，詭異而又淒美。

呂宗布走著走著，背脊突泛一陣涼意，並有一股極腐極臭的氣味衝入鼻中，立即拔劍回削，掃過偷襲者的胸膛。

但那個悄無聲息來至他背後的傢伙挨了一劍，並未倒下，甚至連看都沒看他一眼，仍然向前行去。

呂宗布定睛看時，此人面容紫青腫脹，滿口牙齒黃黑殘缺，渾身皮膚布滿了爛瘡，活像一具腐爛了一半的屍體，走起路來腳不著地，而是用飄的。

呂宗布愈是覷他，愈覺得他眼熟，半晌之後才驀然想起：「他不就是進財大酒樓的臨時大掌櫃龔美嗎？他不是已經死了？難道竟變成了鬼？」

饒是頂尖劍客，也止不住毛骨聳然，他才因驚悸停步，又見另一個鬼從左側溜滑過去，匆匆忙忙、慌慌張張，像是趕著去赴約會。

「到底在搞什麼鬼？」

呂宗布壯起膽子，跟在那兩隻鬼的後面。

又走了不知多久，忽然眼前一亮，出現一大片空地。

空地上只有一棵參天而起的巨大桃木，已有許多鬼聚集在那兒，個個畏縮惶恐，宛若一群等待審判的死囚。

呂宗布隱身在空地邊緣的樹林裡，靜靜觀察著這一切。

沒多久，天邊突然出現一抹紅金色的閃光。

「來了！來了！」眾鬼渾身顫抖的喃喃。

閃光隱時，一尊八丈多高的金面大神已從樹林中走了出來，還牽著一隻金紋燦爛、龐大無比的老虎。

眾鬼更爲驚嚇，紛紛匍伏磕頭，嘴裡囁嚅：「宗布大神饒命……宗布大神饒命……」

呂宗布暗裡皺眉。「宗布大神是何方神聖？怎麼從未聽說過？我又怎會與他同名？」

但聞那金面大神朗聲道：「你們都給我上前來！」

眾鬼不敢違抗命令，一串魚似的依次上前。

那金紋巨虎跨前一步，把當先的鬼嗅了嗅，虎額一蹙，虎口大開，「咻」地一下就把它吃了下去。

眾鬼又嚇得跪倒，大嚷「饒命」不迭。

宗布大神笑道：「你們不用怕，我這隻『小黃』只吃惡鬼，決不吃好鬼。」

呂宗布暗自好笑：「好個小黃！這麼兇狠的神獸，竟被他當成了寵物。」

眾鬼不得不懷著賭博的心情走上前去，小黃嗅一下就吃一個，整群鬼裡沒一個好鬼，統統都被牠吃了，最後只剩下龔美。

呂宗布在進財大酒樓受過龔美的接待，覺得他人還不錯，忙從隱身之處走出，大聲道：「這鬼應當是個好鬼，可否放他一馬？」

宗布大神笑道：「你這小子總算露面了，我就是等著你出來呢。」

呂宗布一楞：「大神有事找我？」

宗布大神先朝龔美一揮手：「既然有人替你求情，你可以走了。」再向呂宗布問道：「你為何名叫宗布？」

「這名字是我呂氏宗族的長老取的。」呂宗布道。「不外繼承呂布之意。」

宗布大神冷冷一笑：「呂布？呂布是什麼東西？你可知道我是誰？」

呂宗布茫然搖頭。

「回去問你師父。」宗布大神的臉色轉為鄭重。「今天我要派給你一項任務，你去替我尋找一樣屬於我的東西。」轉身在大樹樹幹上畫下一幅簡單的地圖。「你出了洛陽，一路往東，就會碰到一群有窮氏的後裔……」

呂宗布一向心高氣傲，不悅的想著：「怪了！你憑什麼指派我？」

宗布大神頓即窺破了他的心思，厲聲道：「你敢不遵從我的意旨？」

把手一揮，巨虎小黃立馬撲了過來。

呂宗布反手想要拔劍，但太阿神劍好似鏽在了劍鞘裡，用盡吃奶的力氣也拔不出來。

呂宗布胸口窒悶，慘叫一聲，由夢中醒轉，渾身冷汗。

宗布大神之謎

賀蘭棲眞剛剛睡下，呂宗布便在房外請示：「掌門人，弟子求見。」

「進來吧。」

呂宗布毫不繞彎子，開門見山便問：「掌門人可知『宗布大神』是誰？」

賀蘭棲眞微楞之後，緩緩說道：「根據《淮南子》一書的記載，箭神后羿死後被封爲宗布神！」

呂宗布大吃一驚：「宗布大神就是后羿？」

「沒錯。夏朝的那個后羿被手下奸臣寒浞以桃木棒擊殺之後，天下百姓覺得他死得太冤枉了，所以爲他立祠建廟，奉他爲『宗布神』。」賀蘭棲眞續道。「傳說他會牽著一隻大老虎，站在一棵大桃樹下，召喚天下鬼魂前來朝拜，老虎一嗅，就能分出好鬼、惡鬼，若是惡鬼便一口吃了，所以後世之人便又引申出鬼怕桃木之說。」

呂宗布驚呆半晌，又問：「您說的這個后羿乃是梟雄后羿？」

「你今夜為何急於求證此事？」

呂宗布把剛才的夢境說了一遍。

賀蘭棲眞道：「夢中大神既然提到有窮氏，夏朝的那個后羿便出自有窮，所以他應該是那梟雄后羿沒錯。至於曾經有過幾個后羿，任誰都搞不清楚。」

賀蘭棲眞皺眉續道：「當初你父親帶你上山拜師，我就有點奇怪你的名字，但那時心想應該只是巧合罷了，不料現在……他說他要你去尋找一樣屬於他的東西？」

「是啊，又沒有明言，我要怎麼找？」

賀蘭棲眞想了想：「應該就是傳說中的后羿神弓吧？難道竟收藏在有窮氏子孫的手中？」

「這傳說會是眞的嗎？」

「不知、不知、不知。」賀蘭棲眞搖頭如搗鼓，但猛然想起一事，連眼睛都直了。「你六歲的時候，你父親送你入山習劍，你稟賦超強，練功學劍的進度比別人快上十倍不止，更有一樁特異，就是——你的箭法無師自通！」

呂宗布全身一震，又呆住了。

賀蘭棲眞續道：「你也曉得射箭之技並非我們王屋派所長，歷代以來，幾乎沒有人射箭射得準，唯獨你一個異數！」

「所以我是后羿的後裔？」

賀蘭棲眞嘆道：「世局如棋，世事如謎，世情如夢，有時候當眞詭祕得讓人看不清。」

呂宗布急切追問：「師父，你從沒提起過我的父母，他們究竟是什麼樣的人？」

「我問你，六歲之前的事情你還記得多少？」

呂宗布臉上浮現困惑的神情：「我只記得我爹帶著我到處漂泊，居無定所，記憶根本一團混亂，連我爹的名字都沒能記住，現在連我爹的樣子都忘了！」

「你父親後來才投靠井州呂家村，所以『呂』並非你的本姓。你母親……唉，現在先別提這些了。」賀蘭棲眞有難言之苦。「你在夢裡救了龔美的鬼魂，倒是好事一件。」

「師父，這夢有來由嗎？」

「夢皆有因。」一百一十二歲的老道士胸中畢竟不脫道教的傳統觀念。「不管是眞是幻，你都該依言前去尋訪一番。」

一句話開啓了呂宗布往後譎奇的命運。

老實人變成壞蛋的過程

卻說梅如是終究不肯放棄鑄劍的機會，顧寒袖只得忿忿然的回家去了。

「皇上已經下旨，今年秋天要加開『恩科』，我得早做準備，還有掄元的機會。」顧寒袖雄心不死。「今年一定不再喝那害死人的紅豆湯了！」

臨行前，特別囑咐文載道一定要去尋找歷兒之山上的櫔木、捒果，醫治摔壞的腦袋。

文載道待在洛陽反正無趣，便尋了間車馬行，租了兩輛「太平車」，踏上尋找記憶之旅。

文家頗有資產，他此番前來就醫，自然帶了不少財物，大箱小箱的堆滿了後車，自己則帶著幾篋書籍坐在前車。

前車的車伕名喚孫阿水，後車的車伕叫作魏阿火，都是這行業裡出了名的老實人。

第一夜投宿旅店，當然得把財物收入房間。阿水、阿火把後車上的箱籠全都搬了下來。

「一共十八箱，請公子清點一下。」

「十八箱？這麼多啊？我還以爲只有十五箱呢。」文載道傻笑。

第二夜，阿火忘了一箱在車上。

「怎麼只有十七箱？」阿水皺眉。

「我再去搬。」阿火敲自己的腦袋。

「昨天不是只有十四箱？」文載道傻笑。

第三夜，阿水、阿火只搬了十三箱就餓了，吃完飯後才去向文載道報到。「十三箱統統都搬進來啦。」

「多謝你們啊。」文載道傻笑。

第四夜，阿水、阿火整晚不見人影，也沒搬一個箱子進房，文載道絲毫不在意，心忖：「這幾天太累了，也眞難爲他們了。」

清早起床，到處都找不著他倆，走出門外，才發現連馬車都不見了。

文載道揹著幾篋書，站在旅店前面楞了半個時辰之久，就是想不通，明明很老實的阿水、阿火，爲什麼會變成了小偷、騙子？

該付住宿費了，文載道渾身上下一摸，半個子兒都沒有。

旅店老闆倒是頗爲同情他的遭遇：「你趕快回洛陽去找那間車馬行啊！」

「可我忘了是哪一間。」

「那兩個車伕叫作什麼名字？」

「也忘了。」

老闆的臉沉下來了：「原來你們根本是串通好了的，就是想來白吃白住！」

老闆喚出旅店所有的伙計，把文載道圍在中間，正準備一頓毒打。

忽然一錠大元寶飛了過來，恰好落在老闆懷裡。

「夠付他的帳了吧？」

也已從洛陽出發的劍神呂宗布騎在一匹雪白的駿馬上，露出冷冷的笑容。

老闆旋即恭送文載道上路。

呂宗布眼見他這麼個斯文人，竟揹著幾十斤重的書篋，實在舉步維艱，不由搔了搔頭：「文兄，你這樣還能走嗎？」

文載道苦笑：「要不然怎麼辦？」

旅店老闆這會兒又當起好人來了，朝著呂宗布諂笑道：「大俠，您的馬夠驃，多載一個人應該輕而易舉。」

呂宗布胯下駿馬的承重力決無問題，但他生性孤傲，又有潔癖，不願與人共騎。

文載道再獃，也看得出他不願與自己親近，苦笑一聲道：「咳咳，我還是……自己走吧。」當眞放開大步往前走，又不知要走向何處？

頭頂烈陽如火球滾動，黃土地上蒸騰出比烤箱還熱的燒灼之氣。

文載道還沒走出二十步，就已渾身是汗，累得快癱了。

就在這時，一輛豪華馬車像條船也似的蕩了過來，彷彿連拉車的馬都喝醉了一樣。

梳雲探頭出窗，先惡狠狠的瞪了呂宗布一眼，才笑嘻嘻的朝文載道招手：「我就知道你出門在外一定會被騙。來，你想去哪兒？」

「吉人自有天相！」文載道高興萬分的跑了過去，但一靠近馬車，就嗅著一股濃冽異常的酒味，立即想起她那代表親熱、力道極強的巴掌，再加上那五名藍衣隨從惡狠狠的盯著自己，心中更不舒坦。

「我還是走到死爲止吧！」

「嗨，你這書呆子眞想這樣一直走下去？我恐怕你腦袋沒醫好，其他的部分又壞了！」

梳雲跳下車，如同拋擲一個大布袋，把他「刷」地一聲丟上馬車：「你乖乖的跟著我，保證不讓你吃虧。」

梳雲又怒瞪了呂宗布一眼，驅車離去。

呂宗布但只苦笑而已。

老實人變成酒鬼的過程

馬車舒適極了，加裝了強力鋼簧的車輪行駛於顚簸起伏的路面上，把該有的震動都化成了水波蕩漾，但時間一久，可讓人覺得頭昏眼花。

「我們像是在坐船。」文載道傻笑。

「所以說，坐這種車子就該喝酒。」

梳雲取出許多瓶瓶甕甕，讓文載道這喝一口、那喝一口。「怎麼樣，頭不暈了吧？」

酒精隨著夢幻般的搖擺發酵，醉意伴同溫火似的血液流竄，文載道從未體驗過這麼美妙的滋味，半日下來，已成了梳雲最好的酒友，兩人肩靠肩、臉貼臉的胡言亂語、東拉西扯，梳雲打在他身上的巴掌也沒那麼痛了。

眼見前面又是一個破破爛爛的村落，文載道打著酒嗝兒：「再去問問，他們知不知道歷兒之山在哪裡？」

馬車駛至荒涼有若火葬場的小村村口，藍衣隨從們大聲呼喝：「有人嗎？怎麼都死光啦？」

喊了十幾聲，卻從村子裡跑出一男一女兩個十歲左右的小孩，手中拿著竹製的玩具弓箭，嚷嚷：「敵人來了，射死他們！」

一名藍衣刀客笑罵：「死孩子，亂說什麼。」

話猶未畢，小男孩已一箭射來，正中那刀客心窩，頓時倒跌下馬而死。

小女孩也同時發箭射向梳雲，虧得梳雲眼明手快，一把綽在手中，細看那箭頭竟是精鋼所鑄，當下怒吼道：「這裡原來是個賊窩？」

「沒錯！天堂有路妳不走，地獄無門自來投！」翻山豹獰笑著從一間破破爛爛的土屋中走出，身邊跟著一群穿得破破爛爛的大漢。

「又是你！」

梳雲一抖手就是兩支柳葉鏢，但翻山豹早已提防著她有這一手，輕鬆躲了開去。

「今天妳總該乖乖的躺下了！」

翻山豹取出一張勁弓，朝天上射出一支響箭，顯然是在召喚埋伏於四周的同伴，瞬間聽得村子外面蹄聲雷動，正不知有多少響馬朝這邊圍攏過來。

梳雲見勢不妙：「好漢不敵人多，我們快走！」

那幾匹喝醉了的馬，當下撒開潑蹄，拉著馬車飛馳而去。

「美人兒別跑，讓我爽一爽！」

翻山豹騰身騎上一匹劣馬，率眾追趕。

翻山豹的看家本領

馬車當然不會比單騎跑得快，但梳雲的這幾匹駿馬久經訓練，奔跑起來竟毫不遜色。

梳雲笑道：「我這幾匹都是遼東的烏丸馬，比中原的馬強多了，他們追得上才怪！」

正自得意，猛然聽得空氣中發出一聲撕裂般的、尖銳無比的地獄之音，策馬跟隨在馬車旁邊的一名藍衣刀客已背心挨箭的跌下馬去。

梳雲大吃一驚。「原來他的箭法這麼準？」

翻山豹能夠名列中原五兇之一不是沒有原因的，他的拳腳搏擊與兵刃器械都不怎麼樣，但只靠著一手奇準無比的箭法橫行大江南北，殺人如麻。

不僅如此，他手下的那群響馬也個個了得，排排勁箭渾如長了眼睛，直往刀客們的背上鑽。

一向談笑用兵的梳雲這下子可坐困愁城了。在這片一望無際的曠野之上，還有什麼比弓箭更厲害的武器呢？他們的車馬與隨從簡直就像是一群飛不高的鴨子，任憑獵人射殺。才一眨眼的功夫，剩餘的三名藍衣隨從武士都被射死。

梳雲忙著從車窗以暗器回擲，沒看見車伕也已中箭落車。

文載道被酒精浸泡的腦袋還未清醒，笑道：「車子會自己跑呢，眞好玩！」

梳雲身手矯健的從車廂內爬到駕駛座上，繼續操縱馬車向前飛奔。

遠處，一座依山而建的小山寨宛若一座天然生成的堡壘。

梳雲絕處逢生，狂驅馬車疾駛過去。

夏侯寨

不知從何朝何代開始，不知從何處來了一群人，在這座小山上建起了一座小山寨。

他們的人數始終不多，因爲他們的女孩嫁出去之後就不准回家，男孩的生育能力似乎也不太高超。

他們不比別人聰明，不比別人粗壯，唯一的特點便是個個都能百步穿楊、箭法如神。

他們自稱夏侯氏，這個山寨就名爲「夏侯寨」。歷代朝廷都對他們禮遇有加，把他們當成一股穩定地方的力量，「大宋」建立之後，更派出「團練使」長期駐守於此，擔負監督之責。

這日，夏侯寨內的所有居民又在練習弓箭，他們擁有自製的飛靶泥盤，可由投擲機括彈出，大家快速的依次向前，射擊那些不定向飛出的目標。

寨主夏侯有電五十開外年紀，長得一張稜角分明的國字臉，不論晝夜總是罩著一層寒霜，只要有人失手偏差，他手中的籐條立刻就毫不留情的揮下去。

忽聽一個聲音笑道：「有電老哥，脾氣還是這麼火爆？去年教給你的修身養性的功夫，半點不見成效。」

來人正是呂宗布。一年前，他路過此處，因見他們箭法高強，便在寨中盤桓了幾日，互相切磋。

夏侯有電快步上前握住他雙手，哈哈大笑：「呂老弟，可想死老哥哥我了！」心中暗自吃驚：「山寨的防衛從來沒有絲毫鬆懈，他卻仍來去自如、無人察覺，這身本領可眞是驚世駭俗了！」

夏侯寨民紛紛親切招呼：「呂大俠又來了，再讓我們見識一下你的箭法吧！」

「何必班門弄斧？」呂宗布難得謙虛。

夏侯有電道：「老弟上這兒來，有何貴事？」
「想跟老哥打聽一些消息，您可知有窮氏的後裔……」
話還沒說完，夏侯有電就眼望練箭的寨民，厲叱：「好好練箭！」然後一拍呂宗布肩膀。「咱們到屋裡去，先喝上幾杯再說。」
就在這時，專門負責看守警戒的十歲小娃兒夏侯有蛋氣喘吁吁的跑了過來：「寨主，翻山豹率領的那群響馬又在打劫路過客商了！」
夏侯有電面色一冷，率領寨民奔向山寨高牆。

曠野射擊戰

梳雲的馬車逐漸接近山寨，但響馬們已從左右雙方追上馬車。
文載道的酒意慢慢退去，赫然發現車窗外頭圍著一群面貌兇狠、仰頸號叫的大漢，嚇得直發抖，喊道：「各位大哥，在下身無分文，你們去搶別人吧！」
梳雲左右狂甩馬鞭，把兩個追到身邊的響馬打落下馬。
翻山豹怪笑：「好潑辣的妞兒，我喜歡！」愈發催馬前奔。
響馬們渾若蝗蟲，湧向駕駛座，梳雲暗器亂擲、馬鞭亂抽，仍止不住敵人來勢。
一名響馬從後面攀上馬車車頂，來到了梳雲頭上，就想一刀砍下。

這時馬車已近寨門，高牆上的夏侯有電覷得眞切，一箭射出，那響馬立被射了個透穿，跌下車去。

夏侯有電再一聲令下：「放！」

夏侯寨民一起放箭，每一箭都有似導向飛彈，射得響馬們叫苦連天。

響馬雖也仰射還擊，但寨民都隱身在高牆雉堞之後，使得他們徒喚奈何。

滿天羽箭呼嘯來去，空氣裡充滿了撕裂洪荒的聲音，聲聲催命。

翻山豹氣得仰頭大罵：「夏侯寨的雜碎，又想破壞大爺的好事？」

馬車上的文載道被這種陣仗嚇壞了，他打開車門想往下跳，才發現馬車奔馳的速度比他想像中快上許多，這一跳下去豈不是摔成了一團肉泥？

正想縮回身子，馬車猛地一個顚簸，他便跟個被悍妻掃地出門的惡夫一般蹦出車外，在地上滾了幾十滾，還好沒傷著筋骨，勉強爬起，拔腿就跑。

響馬們衝過他身邊，馬隊帶起的飆風又將他捲倒在地，揹著的書箱摔爛了，裡面的書籍散了一地。

「欸！」文載道心痛的在馬蹄間撿拾書本，並小心的拂去灰塵。

這時，馬車已駛至寨門前。

夏侯有電下令：「開大門！」

就在馬車快要衝入寨門的時候，一名兇悍的轡馬跳上駕駛座，揪住了梳雲的肩膀。梳雲一個肘拳搗爛了他的鼻子，他仍不放手，抓著梳雲一起跌下馬車。

梳雲奮力跳起，又被另一名轡馬「老吳」從後面抓住。

寨民們想要放箭，但投鼠忌器，都射不出去。

轡馬們停住了奔馳之勢，群聚在他倆後方。

翻山豹怪笑：「好，老吳，帶她過來！」

老吳把梳雲的身體擋在自己身前，一步步後退。

文載道見勢危急，從旁邊衝過來：「放開她！」

但他還沒能靠近兩人，就被其他的轡馬打趴在地。

寨牆上，呂宗布淡淡一笑道：「翻山豹，你還認得我嗎？」

翻山豹猛然看見呂宗布居然也在此處，嚇得膀胱一陣痠痛，但嘴上不肯輸人：「姓呂的，你以爲你還可以占盡上風？那日大爺我在洛陽吃癟，是因爲在城市的大街小巷之中，弓箭無法出手，今天可要讓你嘗嘗我的厲害！」

夏侯寨民們早已知曉呂宗布的箭法超群，聽見翻山豹這番無知的話語，止不住鬨笑如雷，卻讓翻山豹摸不著頭腦。

夏侯有雹見那老吳的整個身體都被梳雲擋住，只露出了小半片腦殼，這目標實在太小，就算夏侯寨中箭法最準的夏侯有宅出手，恐怕都沒三分把握。

轉眼看見一旁的呂宗布已在冷靜的張弓瞄準，有點擔心的悄聲道：「呂老弟，行嗎？」

梳雲不慌不忙的朝著呂宗布猛眨眼睛，原來她的袖子裡已滑出了兩支穿心釘，握在手裡，隨時準備發動。

小娃兒夏侯有蛋忙道：「呂叔叔，她在眨眼睛咧！好像要告訴你什麼……」

話還沒說完，呂宗布的箭已射出，正中老吳稍微露出的那一小爿腦袋。

老吳倒地的同時，梳雲回身擲出穿心釘，射死了兩名響馬，並仰頭指著呂宗布大罵：「叫你不要射，看不懂啊？差點把我射死！」

夏侯有蛋叫道：「別嚷嚷了，快進來！」

梳雲剛衝入山寨大門，想想不對，又衝了出去。

夏侯有蛋大嚷：「嘖！妳幹嘛啊？」

原來梳雲沒忘記文載道，跑過去把他拉了起來，一起拖入大門，並回頭吹了聲口哨。

拉車的那幾匹馬便也慢吞吞的拉著馬車跟著她一起行入山寨。

響馬們傻楞楞的看著這一連串行動，全都忘了該如何反應；翻山豹更被呂宗布的那一箭驚得魂魄出竅，怎麼也想不通世上怎會有如此神妙的箭法！

翻山豹的身世

夏侯有電目注翻山豹，厲聲道：「夏侯有錢，我已經饒過你好幾次了，你仍不知悛改，還在幹這種傷天害理的勾當？」

原來翻山豹本是夏侯寨中人，怪不得箭法這麼準。

翻山豹回過神來，哈哈大笑：「堂哥，我既然名叫有錢，就該大大的有錢才對。老是待在那個爛山寨裡頭，要到什麼時候才能發財啊？」

寨民們紛紛大罵：「叛賊！反賊！族賊！」

夏侯有蛋拿起一副小弓箭想射他，差點射中自己的腳尖。

夏侯有電厲聲道：「你想發財，竟把腦筋動到弱女子的身上，天理不容，萬世唾棄！」

「她是弱女子？」翻山豹連聲冷笑。「堂哥，你當我是三歲小孩兒，還是你竟看不出來？我們早已探聽得實，那個娘兒們來頭不小，馬車上載了大批珍寶！」

寨民們議論紛紛：「眞的嗎？她是個大財主？」

翻山豹又指著夏侯有電道：「又或是你也知道了，竟想獨吞？」

夏侯有電氣得拈弓搭箭：「再不退去，休怪我手下無情！」

翻山豹心知若無準備，萬難現在就攻打山寨，只得惡狠狠的道：「你們從前老是破壞我的營生倒也罷了，但這回，我決不罷休！我給你們一天時間考慮，若不交出那個雌兒，明日看我血洗夏侯寨！」

把手一揮，率領眾響馬退走。

寨民們氣得大罵：「夏侯氏竟出了這種敗類，眞是老天沒眼！」

夏侯什麼都有

梳雲與文載道進入寨內，見這山寨雖不甚大，但按照山勢地形布置得森然有序，山泉水井處處可見，豬雞米穀樣樣不缺，宛若一座自給自足、安全無虞的小王國。

文載道由衷讚嘆：「這不是世外桃源，而是世間桃源！」

寨民們聽說梳雲來頭很大，都好奇的圍了過來。「姑娘好本領！」

梳雲大剌剌的揮了揮手：「好說，好說，你們這是哪裡呀？」

「這裡是夏侯寨，我們都姓夏侯。」

文載道蹙眉道：「夏侯？嗯，歷史上有很多姓夏侯的名人……」絞盡腦汁的想著。「有那個，那個什麼咧，很有名的……？」

「我就叫夏侯有名啊！」一名老者驕傲的挺起胸膛。

寨民們也紛紛自我介紹：「我叫夏侯有權……我是夏侯有臉……我叫夏侯有勢……我叫夏侯有田……」

梳雲聽得頭痛：「好好好，都有都有，什麼都有！」

文載道還在搔頭苦思夏侯氏的名人。

夏侯有名嘲笑著：「你這書生根本是個假的嘛！」

一個醉醺醺的大漢從一間屋內走出，大剌剌的喝斥著：「你們又在幹什麼？叫你們別去招惹那群響馬，你們怎麼又不聽？」

梳雲怪問：「此人是誰？怎麼比寨主還大？」

呂宗布走過來，悄聲道：「他是朝廷派駐在這兒的團練使，名叫韓元魁。」

梳雲雖有疑問，卻不想理他，翹鼻子抬眼睛的哼了一聲，讓呂宗布碰了個大釘子，自覺沒趣的踅了開去。

夏侯有電厲聲道：「韓頭兒，你怎麼這麼說呢，難道要我們見死不救？」

寨民們紛紛附和：「對啊對啊！當然見死要救！」

夏侯有電轉身就走：「好啦，大伙兒練箭去！」

「走走走，練箭練箭！」大家全都跟著夏侯有電離去。

把個韓元魁氣得目瞪口呆，泥偶似的木立當場。

文載道暗笑。「看樣子，這個團練使的威望比寨主差多了。」

美酒像骨灰

老頭兒夏侯有名與小娃兒夏侯有蛋帶著梳雲、文載道經過山寨西側，數道山泉傾洩而下，許多婦女聚在泉邊濯衣洗菜。

她們見到梳雲走來，雖然好奇，可都不敢抬頭仰視。原來嫁入夏侯寨的外姓女子因爲不會射箭，地位很低，而且終其一生不得出寨，形同奴隸。

不移時，來到一間布置簡陋、沒有隔間的大廳。

「這是我們的客館，你們可以暫時先住在這裡。」夏侯有名轉身離開。「我去取些酒菜來招待貴客。」

梳雲雙手插腰，環顧四周，極爲不滿：「唉呀，眞寒酸！」

文載道唉道：「能有安身之處就託天之幸了。唉，剛才嚇得我直打哆嗦！」

兩邊靠牆的架子上放著許多小陶罐，似是盛酒器具。已經快要變成酒鬼的文載道，隨手拿起一個酒罈，打開蓋子就往嘴裡倒，卻吃了一嘴灰。

夏侯有蛋笑道：「忘了告訴你，這裡除了是客館，也是祠堂，我們歷代祖宗的骨灰罈都存放在這兒。」

嚇得文載道把滿嘴的骨灰都噴了出來，嗆了個半死。

夏侯有名正好送飯進來，罵著：「你這假書生，搞得這什麼事兒嘛這是？」搶過文載道手裡的骨灰罈一看，上面寫著「夏侯有劍」四個小字。

夏侯有名既驚又怒：「你怎麼把我爺爺給吃了？」

文載道再也忍不住，衝到門口大嘔特嘔。

梳雲忙過去安慰他：「沒事沒事，骨灰也挺有營養的。」

攪得文載道吐得更兇。

夏侯有名還在大罵，梳雲趕緊替他開脫：「你們可別小看他！我跟他只不過有數面之緣，他剛才卻拚死救我，這種膽量氣魄，簡直有資格進入史上百大排名！」說著，親熱的猛力一拍文載道的後背，害得他剛剛止住的嘔吐更為猛烈。「你雖然不會武功，可比大俠還要大俠，以後我要叫你文大俠囉！」

夏侯有名氣得走了；夏侯有蛋年紀還小，平常只能幹些打雜的活兒，聽得此言，猛搔頭皮，心中頗有感悟。

梳雲扶著文載道在飯桌前坐下：「文大俠，這兒有眞的酒，喝幾杯吧。」一邊招呼有蛋。「你也坐啊，吃！喝！」

文載道喝了幾杯酒之後，又什麼都忘了，逕自蹲在地下整理自己摔爛的書箱，與一堆被攪得亂七八糟的書籍。

夏侯有蛋問道：「大姐姐為什麼會經過我們這鳥不生蛋的地方？」

梳雲有所隱瞞的唔唚著：「別問。」

「妳從哪裡來？」

「別問。」

「那，妳要往哪裡去？」夏侯有蛋問完，又自己搶著代答：「別問。」

梳雲笑著摸摸他的頭：「小傢伙還挺識相。」

一個身材圓滾滾的胖婦在門外探頭探腦。

夏侯有蛋道：「甄寡婦，幹嘛呢？要進就進唄。」

名喚甄寡婦的中年女子堆著滿臉謙卑笑意，端了幾盤菜進來：「這些都是我自己做來孝敬貴客的。」

梳雲又招呼著：「來，坐！吃、喝！」

甄寡婦嚇了一大跳：「我……不敢！」

「有什麼不敢的？」梳雲瞪眼。「叫妳坐，妳就坐，怕誰啊？」

甄寡婦只得把她肥大的屁股擺放在小板凳的小小一個角兒上，怪彆扭。

夏侯有蛋問道：「韓頭兒還在找寨主麻煩嗎？」

甄寡婦悄聲回答：「是啊，他召集了一群人在議事大廳裡訓話，好討厭咧！」

梳雲不解：「剛才沒問清楚，那個什麼韓頭兒爲什麼比你們的寨主還大？」

夏侯有蛋道：「他是朝廷派來的團練使，可是個官兒呢。」

梳雲皺眉：「團練使是什麼東西？」

「就是民兵隊長嘛。」甄寡婦失笑。「妳連這個都不知道，妳不是中原人哦？」

梳雲乾咳不休。

甄寡婦笑道：「我也不是中原人，嫁到這裡來，沒兩年就死了丈夫……」

夏侯有蛋哼道：「是不到一年吧！」

梳雲又道：「我們今晚要睡在這兒？那個……姓呂的也要來跟我們一起睡嗎？」

「他是寨主的貴賓，當然會被留在寨主的房裡。」

梳雲哼了一大聲，竟不知是高興還是失望？

文載道蹲在地下，整理完書籍，嚷嚷著：「渴死了我！」站起身來，又想去拿架子上的骨灰罈。

夏侯有蛋慌忙衝過去大嚷：「別吃我娘！」

梳雲無奈的大口喝下一碗酒：「唉，這個人的腦袋眞的是沒救了！」

官僚的嘴臉

另邊廂，韓元魁把夏侯有電以及十幾名長老召集在山寨的議事大廳裡開會。

呂宗布在江湖上已有盛名，韓元魁雖不願他參與其中，但他已被夏侯有電請了進來，總不能把他轟出去。

說起這韓元魁，並沒多大本領，靠著點裙帶關係，竟弄得了個半大不小的團練使，沒事還可以耍耍官威、過過癮頭。

此刻他又拉下了一張官僚臉孔，沉聲道：「雖然我剛上任不久，但是這一帶的情形可沒人比我更清楚。當今時局大亂，弱肉強食，朝廷派我來夏侯寨，就是想要穩住這一隅。」

一名長老笑呵呵的說：「這有什麼問題，方圓五百里之內，誰敢來當我們的箭鋒？」

韓元魁乾咳兩聲：「我知道夏侯寨的戰鬥力很強，但畢竟人少勢微，所以行事必須保守謹慎，人不犯我、我不犯人。像今天，沒來由的招惹了翻山豹那幫人，對我們有什麼好處？」

夏侯有電抗聲道：「韓大人，今天這碼子事兒，怎麼能說是沒來由？難道我們就該眼睜睜的看著他們殺人越貨？夏侯氏自古以來就以濟弱扶傾爲己任，若果見死不救，不但愧對歷代祖先，更令子孫蒙羞，還讓天下人笑話！」

韓元魁被這番言語堵得暗自惱怒，陰笑道：「我說你們啊，別是被那個女子的美貌迷惑住了吧？」

長老又笑呵呵的說：「韓頭兒，你這麼講就不對了，寨主對女色毫無興趣。」

韓元魁有意無意的瞟著呂宗布，悠悠道：「我說的又不是寨主。」

「那你是在說我囉？」呂宗布氣才一衝，夏侯有電已先自大怒：「韓頭兒，你別把大家都當成小人！呂老弟決定出手相救的時候，根本就不知道她長得什麼樣子。」

韓元魁擺出不可理喻的架式：「反正，那女子看著就是一個禍水！」

長老們紛紛皺眉：「韓頭兒，那你的意思是？」

「趁早把她趕走，留著她只會給全寨帶來噩運！」

夏侯有電一拍桌子，倏地起身：「夏侯寨決不做如此卑鄙之事！」

長老們也一起搖頭：「不妥！不妥！」

「你們聽我說，光是看那女子的眉眼就知道她不是個好東西……」

夏侯有電再也聽不下去：「散會！」當先走了出去，長老們也都捲堂大散。

呂宗布尋思：「夏侯寨果然好樣的！朝廷卻派了這麼樣的一個團練使，眞不知是何道理？」

臨走前，竟見韓元魁一臉陰森的表情，很顯然，惡毒的算盤已在他心中成形。

原來是個賊窩！

這晚，梳雲喝得大醉，躺在簡陋的床上呼呼大睡，鼾聲震天，使得她身邊的幾個骨灰鐔子都跟著震動不已。

文載道翻來覆去的睡不著，終於咕咕噥噥的起身，走到房外，尋了個陰暗處，撩起衣服下襬，想要尿尿。

忽然，身後一個小木屋的門被人打開，透出微微燈火。

文載道不好意思被人看見自己隨地便溺，只得一邊跳、一邊收回小鳥，躲到一旁。

只見一胖一瘦兩個寨民抬著一具屍體走出。

文載道嚇了一大跳，躲得更隱密了一些。

那兩人抬著屍體走到山坡腳下，開始挖洞埋人，胖子一邊埋怨著：「這個真沒用，才來兩天就死了。」

瘦子哼道：「沒本領就別來，枉送性命。」

文載道驚悸暗忖：「難道他們竟在謀財害命？」

又聽胖子道：「成天埋這些傢伙，弄得手痠死了。」

瘦子嗐道：「這些年已經埋了多少？怕不只上百人了吧？」

文載道這一驚，簡直如同天打雷劈，連氣兒都不敢出了。

忽見寨主夏侯有電從暗處悄悄逼近過來。

文載道心道：「好了好了，寨主來了，這兩個傢伙就要被逮著了，定會受到該有的懲罰！」

胖子、瘦子渾然不覺的專心挖洞，直到夏侯有電走到他倆背後，輕咳一聲，他倆才猛然轉頭：「寨主……」

夏侯有電眼中透出凜冽的光燄，冷冷道：「埋好了嗎？」

「快了！快了！」

文載道這一驚更宛若天崩地裂，原來這個白天裝出義薄雲天模樣的寨主，竟是殺人越貨的主使者！

文載道化作了一隻蝸牛，緊緊匍伏在地面上，直到他們埋好了屍體、離去之後，才用爬的離開現場。

搖醒酒鬼的報應

客館內，梳雲還在熟睡。

韓元魁悄悄來到窗外，向內窺視，想要偷偷進入。

就在這時，文載道慌慌張張的奔了進來，跑到梳雲身邊，輕輕搖著她：「梳雲姑娘，梳雲姑娘……」

韓元魁詭計未能得逞，只得廢然離去。

「梳雲姑娘，妳醒醒！妳快醒醒！這裡是賊窩！」文載道搖了半天，梳雲仍鼾聲如雷，文載道只得加勁搖撼，但梳雲不僅沒有醒過來，反而猛探左臂，箍住文載道的脖子，提起右拳就往他頭上猛打，嘴裡喊著誰都聽不懂的話語。

文載道掙脫不開，苦不堪言。

梳雲又捏住他的腮幫子，把他的臉揉成各種形狀。

文載道痛苦的唔唔：「姑娘，別這樣……」

梳雲卻又猛地抱住他，在他臉上吻了幾十下。

文載道被吻得暈陶陶，不知該哭還是該笑。

梳雲忽然醒了，發現文載道正緊緊抱著自己，還臉貼著臉呢！

梳雲勃然大怒：「你……色狼！」一拳打在文載道的鼻子上，使得他鼻血長流的倒地不起。

梳雲又哈哈大笑起來，咕噥著奇怪的言語，睡著了。

文載道精疲力竭的爬回自己的床上。「唉喲，還是等天亮了以後再說吧！」

危機四伏

翌日一早，文載道醒來，已不見梳雲蹤影，心中自不免替她擔心，畏畏縮縮的走出客館，四下閒逛打探。

他經過一口水井，一群婦女正蹲在井邊洗衣服，她們手裡都拿著一塊手指般大、白色有黏性的東西，把衣服洗得很乾淨。

甄寡婦齜開大嘴招呼著：「文大俠，睡得還好吧？」

「好，好，可有見著梳雲姑娘？」

甄寡婦伸手一指：「她往那邊去了。」

文載道快步來到廣場，寨民們又在練箭，夏侯有電居然沒事人兒一樣的站在一旁監督。

文載道望著他那一臉正氣凜然的模樣，心中直打哆嗦。「這傢伙可真是心狠手辣到了極點，衣冠禽獸是之謂也！」轉念又忖：「莫非全寨之人都是殺人不眨眼的盜匪？」如此一想，更覺寒徹骨髓。「我應該帶著梳雲姑娘趁早離開這鬼地方才是！」

渾頭小娃兒夏侯有蛋手中拿著一副小弓箭，一蹦一跳的走了過來：「寨主，讓我射一箭！」

寨民們都笑。「唉，有蛋啊，我們六歲的時候就能射天上飛鳥，你今年已經十歲了吧，能射什麼東西呢？」

「我……能射狗！」

氣悶已極的夏侯有蛋對著寨中的黑狗一箭射去，那黑狗先打一個呵欠，再隨便把嘴一甩，就把箭叼在嘴裡。

寨民們更鬨然爆笑。

韓元魁走了過來，滿含敵意的瞪了夏侯有電一眼，找不到發洩的對象，只得把氣發在小娃兒頭上，對著夏侯有蛋咆哮道：「你根本沒救了，以後就別在這裡丟人現眼！」把手一揮。「後山的化糞池滿了，去清理乾淨。」

夏侯有蛋滿腹委屈：「我……」

「快去！」

夏侯有蛋只得忿忿走離。

文載道出於直覺，認為這個小娃兒應該不至於做出傷天害理之事，想找他問個究竟，便尾隨追去。

夏侯有蛋在前面東轉西轉的，忽然沒了蹤影，恰正來到昨夜抬出屍體的小木屋附近。

文載道勾著脖子望向山坡下昨夜埋屍的亂葬崗，兀自心有餘悸。

「莫非這木屋裡隱藏著什麼祕密？」

文載道鼓起勇氣，推門走了進去。

木屋內部偪促狹窄，什麼東西都沒有，也沒見著半條鬼影。

文載道悄聲喚道：「有蛋？有蛋？」

沒人應聲，卻彷彿從地底傳出陣陣回音。

文載道愈來愈害怕，正想退出，韓元魁可鬼鬼祟祟的走了進來，兩人乍然相遇，都是一驚。

韓元魁一把抓住他：「我就知道你這小子有問題！」

文載道乾咳道：「團練使大人何出此言？你誤會了……」

「說！你跟那女子來此有何目的？」

「目的？沒有啊！」文載道莫名其妙。

「她到底是誰？」

「我不曉得，我前不久才認識她。」

韓元魁見他不像說謊，便鬆開了手。

文載道壓低聲音：「韓大人，我也覺得這裡頗為蹊蹺，很像是個賊窩，昨天晚上……」

一句話正打中韓元魁的心坎，也壓低嗓門說道：「你倒是個曉事的。朝廷派我來，不只是要我當團練使而已，還要我暗中查案。」

「查案？」文載道又一驚。

「多年來，這附近有幾百個人無故失蹤，其中不乏各路的江湖高手，我前三任的團練使也都死得不明不白，所以……」

「所以你還兼任捕頭？」

韓元魁點頭道：「我瞧你是個老實書生，跟他們也還合得來。你可否願意幫我一個忙？」

「怎麼幫？」

「盡量套他們的話，然後隨時上報給我。將來若能破案，我就上奏朝廷，保舉你得個一官半職！」

「好啊好啊！」事已至此，文載道不能不同意，但還沒來得及跟他提起昨夜寨民埋屍之事，韓元魁已高興的拍了拍他肩膀，出門離去。

「問題是……」文載道心中嘀咕不休。「套出他們的話來之後，我能記得住嗎？」

此時忽聞外面傳來喧嚣人聲。

城寨攻防戰

翻山豹沒等太陽完全昇空，就迫不及待的率領眾響馬殺奔到寨前。

「你們考慮清楚了沒有？快把昨天的那個娘兒們跟馬車交出來，要不然殺光你們全寨大小！」

呂宗布、夏侯有電與寨民們早已登上寨牆。

「你們眞不死心！」夏侯有電冷笑著拈弓搭箭。「給我聽清楚了，我這一箭要射那個頭戴牛角盔的右眼！」

戴著牛角盔的嚮馬嚇了一大跳，撥馬就跑，連他附近的嚮馬也都跟著跑了。

寨民們敲鑼打鼓，大聲喝采。

翻山豹獰笑：「好！這是你們自找的。」居然就此率隊退走。

寨民們紛紛嘲罵：「膽小鬼！夾著尾巴滾遠點！」

呂宗布沉聲道：「沒這麼簡單，他們定會偷襲，你們守住這裡，我去後山巡視一下。」

後山也有木柵高牆，負責守護的寨民絲毫不敢鬆懈，但呂宗布剛剛登上城樓，十幾名嚮馬已從對面的山頭上乘著大風箏從天而降。

呂宗布猝不及防，被他們團團圍住，寨民們都不及趕來救援。

危急間，幾支迴旋鏢射來，射死了兩名嚮馬，緊接著就見梳雲從城門樓頂翻身而下。

呂宗布淡淡一笑：「妳差點射死我。」

梳雲哼了聲：「我們扯平了。」

剩餘的嚮馬奮力攻上。

怎當得呂宗布神劍出手；梳雲又硬拳狠腳，渾身上下不知揣了多少亂噴亂射的暗器，殺得響馬們東倒西歪，沒幾下便全都解決掉了。

山頭上的響馬又射出火箭，使得寨中的木造房屋開始起火燃燒。

梳雲驚呼：「怎麼辦？」

寨民們都一派輕鬆模樣：「不妨事，我們全寨上下平常都有做過演練，足以應付各種突發狀況。」

果不其然，在井邊洗衣服的婦女們一見火苗竄起，即刻不慌不忙、訓練有素的排成一列長長的隊伍，接力傳水桶滅火。

文載道恰正走來，甄寡婦隨手把自己洗衣服用的白色有黏性的東西塞在他手裡，加入傳水的行列。

夏侯有蛋挑著糞桶跑過來：「你還發什麼呆？快幫忙！」帶著文載道爬上一棟房屋的屋頂。

文載道發抖道：「我能幹什麼？」

「看著我，照做！」

原來每間房的屋頂上都早已備下了溼泥桶，夏侯有蛋挖出溼泥巴，塗抹在蘆葦製成的屋頂上，正可防止火攻。

文載道把手中那塊黏呼呼的東西塞入懷中，依樣畫葫蘆的幹活兒。

併肩作戰

梳雲與呂宗布來到正前方的城樓，望見遠處煙塵大起，著地捲滾。

梳雲凝神注目：「他們今日有備而來，多半帶了攻城的器械。」

夏侯有電恨恨道：「別擔心，夏侯寨是所有盜匪的天敵！」

不久，煙塵散去，現出了幾座雲梯車。

原來，翻山豹想要攻占夏侯寨已不止一日，早就製造了不少攻城器具，今日正好派上用場。

夏侯有電一箭射出，在雲梯車前發號施令的匪首應弦倒地。

翻山豹怒吼：「快推！殺光那群雜碎！」

寨民們箭如雨下，跟在雲梯車旁的響馬也用弓箭還擊。

幾輪射擊之後，響馬們已攻到城牆腳下，架起雲梯攻城，寨民則砸下巨石、潑下滾油，都是常見的手段；因爲距離拉近了，梳雲各式各樣的暗器就更派得上用場，射得響馬人仰馬翻。

呂宗布與寨民們都看得嘖嘖稱奇。

翻山豹嚴厲督促部屬前進，兩部雲梯車已搭住了城牆，翻山豹親自率領著響馬往上爬，情勢愈顯危急。

韓元魁忽然衝上城頭，大喝：「他們只是想要那女子，把她交出去就好了！」

有些膽怯的寨民便即猶豫的望向夏侯有電。

夏侯有電厲聲道：「夏侯寨的人決不做這種事！」

梳雲撮唇吹出一聲口哨，她的幾匹駿馬立刻拉著馬車跑到牆角下：「殺退響馬，這一車金銀財寶都是你們的！」

呂宗布失笑：「夏侯寨要錢有何用處？」

梳雲幫他擋掉了一支來箭，一邊做了個大鬼臉：「我高興送給他們，不行嗎？」

呂宗布也幫她擋掉了一支箭：「我只是想教妳一些做人處世的態度。」

兩人併肩作戰，竟似有著幾十年純熟的默契。

這時，翻山豹已登上梯頂，飛躍而起，登上了城牆。

梳雲人還沒衝過去，七、八件暗器已先飛了過去。

翻山豹怒罵：「惡婆娘，等我抓到妳，有得妳好受的！」

梳雲大笑：「我正等著這一天呢！」

呂宗布二話不說，振劍上前，卻被梳雲擋住：「沒你的事，站到一邊去！」

呂宗布生性孤傲，雖然漸漸的對這個潑辣的姑娘產生了好感，但表面上死也不肯流露出半絲半毫，裝出不屑的樣子，回身走開。

許多跟在後面的嚮馬也爬了上來，夏侯有電率領寨民拚死抵抗，他們的箭法雖強，兵刃器械卻不在行，一陣混戰之後，頗有傷亡。

呂宗布適時加入戰團，太阿神劍盤天揮灑，把攻上城來的嚮馬統統格斃。

翻山豹眼見勢頭不對，只得虛晃一招，逼退梳雲，跳下城牆：「你們等著，大爺非殺光你們不可！」

嚮馬們比來時更快的跑光了。

兩個最沒用的人

寨中的火已滅得差不多了，夏侯有蛋與文載道仍在各個房頂上塗抹溼泥。

夏侯有蛋眼見寨前寨後打得熱鬧，心中沮喪萬分：「你跟我是整座寨子裡最沒用的兩個人了。」

文載道安慰著：「你還小嘛，別喪氣，有句名言說是什麼天生我材……怎麼樣？」說到這裡腦袋又開始犯渾。「嗯？是天才生我？還是我生天才？」

夏侯有蛋笑道：「我只要看見你，就不會喪氣了。」

文載道想要打探夏侯有電殺人埋屍之事，又不敢直接就問，心中忖著：「這種事兒不外謀財害命，待我繞著彎子套他的話。」嘴上說道：「你們夏侯氏其實很勢利，名字不是有頭、有臉、有權、有勢，就是有名、有錢，爲什麼不取名有窮呢？是不是窮怕了？」

夏侯有蛋即刻停下手，扭頭看他：「耶，你怎麼知道我們是有窮氏的後裔？」

反而弄得文載道一楞：「你們眞是有窮……？呃，有窮氏？在哪本書上看過？」

「跟你說沒關係，反正你也記不住。」夏侯有蛋笑道。「我們都是有窮氏的子孫，有窮氏出了一個大大的名人，叫作后羿，這你總記得吧？」

文載道早就忘了前些日子才聽賀蘭棲眞說過的那番話，絞盡腦汁的想著：「后、羿……記得記得，箭神嘛，射太陽的那一個。」

「他不但會射太陽，後來還出過許多次任務，最有名的就是射殺怪物鑿齒與巨獸封豕。」

文載道極力回想：「嗯，有人說，后羿不止一個？」

「沒錯。後來又出了一個后羿，但他就不是英雄，而是個梟雄。他本是夏朝的大將，卻發動政變，流放了夏王太康，由他自己號令天下。」夏侯有蛋說起這些掌故，滔滔不絕，顯然平常聽族中長老說過許多次了。「但他識人不明，寵信一個名叫寒浞的大臣，一天，他率領一群隨從出外打獵，回來時，剛入城門就被寒浞率兵偷襲，殺落馬下，用桃木棒擊死，還把他煮成了肉醬！」

「好慘！」

「據傳，一個年輕的隨從在一片混亂之中，撿起了后羿的弓與箭，殺出重圍逃走。」

文載道再怎麼記憶不佳，腦中還是慢慢浮起了賀蘭棲眞的推論：「對了，我聽人說，『羿』有可能是一個代名詞，只要箭射得準，就叫作羿；也有人說，眞正神奇的是那把弓，無論是誰，得到了那把弓，就能成爲箭神。」

「喲，你還知道得挺多的！」夏侯有蛋的臉上露出疑懼之色。

文載道興奮續道：「你們是后羿的後裔，所以一定擁有那把弓囉？就是你們寨主手上的那一把？」

夏侯有蛋猛搖頭：「我們都是靠苦練的。幾千年來，誰也找不到那把弓。」

「應該有很多人知道這個傳說吧？」

「當然有！聽說過的那些人都已經……」夏侯有蛋愈益疑心。「唉，不講了，快塗！」

文載道想了想，指著密室：「我們去塗那棟小木屋？」

夏侯有蛋更顯慌亂：「那間不用塗！不用！」

文載道腦雖混沌，心中已有了譜兒。

不受閒氣的大小姐

廣場上一片凌亂，戰死的寨民被抬走；文載道、夏侯有蛋與甄寡婦等婦女忙著替傷者包紮。

梳雲一走下城牆，就加入救助傷者的行列。

夏侯有電站在一旁，看著寨民死傷慘重，心中黯然。

韓元魁走到廣場中央，大聲道：「大家聽著，今天這件事情根本不會發生的，都是因爲你們收留了不該收留的禍水與妖孽，如果大家還執迷不悟，滅寨之禍就近在眼前！」

一些寨民暗中同意他的說法。

夏侯有電挺身而出，正欲發言；韓元魁把手一揮，眼望一旁的長老們：「你們怎麼說？」

「咳咳……這個嘛……通常是這樣，所以說那樣……不過嘛，總有一些……」

梳雲心中有氣，正想說話，被她照顧的傷者就在這時推開了她的手；梳雲不禁一楞。

一旁的甄寡婦冷冷發話：「這裡用不著妳幫忙，妳還是到別處去吧。」

梳雲本是大小姐脾性，怎能忍受這種羞辱與誣蔑，氣得跳起身來，大吼道：「眞是笑話！難道我非靠你們不可？本大小姐走南闖北，縱橫天下，從來不看人臉色、仰人鼻息。如果今天我給夏侯寨帶來了禍害，抱歉，來日必報。就此別過！」

抱拳一禮之後，大步走向寨門。

呂宗布本想追過去，又不願因此而表明了自己的心跡，轉頭正見文載道站在一旁，便悄聲道：「你還不去把她勸回來？」

文載道如夢初醒，拉著夏侯有蛋就往外跑：「姑娘、姑娘，有話好說！」

韓元魁喝道：「你們兩個回來！」橫身想要攔住他倆，自己反被夏侯有電攔住。

韓元魁暴跳如雷，戟指夏侯有電：「就你跟我做對！把他拿下！」

寨民們沒一個想動手。

長老們紛紛打圓場：「韓頭兒，再商量，再商量……有電，別這樣……」

幾個長老攙住韓元魁、幾個長老勸著夏侯有電，一起走向議事大廳。

呂宗布猶豫了一會兒，也跟著走了進去。

九怪胎

據說，狗最多一胎可生二十四隻，貓可以生十三隻，但肯定長相都不太一樣。

人類的多胞胎則多半長得一個模樣，然而一胎九個大概史上罕見。

現在，坐在議事大廳中的那九名黃衣人，簡直就像一個銅模澆鑄出來的，一般無二的金髮、一般無二的火眼、一般無二的扁鼻與一般無二的血盆大口。

剛走入大廳中的夏侯寨中人都怔住了。

他們是誰？怎麼進來的？坐在那兒又想要幹啥？

一肚子火的韓元魁又有了在眾人面前立威的念頭：「一定是賊人同夥，先把他們拿下！」

拔出大刀，衝上前去，對準正中央的那個黃衣人就砍。

下一剎那，他如同陀螺似的滾了出去，竟沒人能看清那黃衣人是怎麼出的手？

夏侯有電引弓搭箭，一箭射出，另一名黃衣人一伸手就把箭綽在指間，恍若捏住了一個玩具。

夏侯有電與長老們都呆掉了。

呂宗布最後進入，心知這群人的武功之高實乃今生僅見，緩步上前，行了一禮：「敢問各位如何稱呼？」

九名黃衣人齊聲回答：「大家都叫我們『太陽使者』。」

太陽使者？

可從沒聽說過江湖上有這等人物。

呂宗布又道：「各位來此，意欲何爲？」

「我們愛來就來，愛去就去，誰管得著？」九名太陽使者齊聲應答，不但音質、腔調一模一樣，就連速度、用字遣詞都不差分毫，這種同步感應當眞令人匪夷所思。

呂宗布冷笑道：「你們愛來，夏侯寨卻不歡迎，所以你們現在可以走了。」

太陽使者沉聲道：「你是寨主？」

「我只是一名過客。」

「那你有什麼資格要我們離開？」

呂宗布拔出太阿神劍：「是它看你們不順眼！」

太陽使者呵呵怪笑：「有窮氏的子孫也會用劍？倒要領教一下。」

「太阿神劍不殺無名之輩，一個個報上名來！」

右首第一人道：「我是旭陽。」

右首第二人道：「我是朝陽。」

接下來依序便是明陽、豔陽、正陽、烈陽、輕陽、斜陽與夕陽。

呂宗布將劍一領：「誰來賜教？」

旭陽緩步上前：「當然要從第一個開始。」

呂宗布見他空著雙手，便道：「請亮兵刃。」

太陽使者們齊道：「我們從來不用兵刃，你出手便是。」

呂宗布在當今武林中已是數一數二，從來沒有人敢如此輕視他，當下心火直冒，暗道：「先給他們一個下馬威再說！」

王屋派劍法以黏、纏、轉、旋爲主，施展開來就像一個大漩渦、一張大蜘蛛網，將對手漸漸纏緊、慢慢捆殺。

但呂宗布剛才已經見識到對方的身手，知道這種方法收效既小又耗費時間，斷然決定改採快攻戰術，太阿神劍有若從幽冥之中掠出，倏忽間已指向旭陽右肩。

旭陽的動作也甚是敏捷，閃身避過的同時，高舉右臂，一掌劈下，呂宗布頓覺一股熾熱的氣流當面湧來，燙得他臉頰生疼，不由得撤劍退步。

其餘八名太陽使者笑道：『一郎的這招『旭日東昇』愈來愈爐火純青了。」

朝陽道：「該我了。」

旭陽一招即退，朝陽搶前，雙手猛推，熱氣更猛更盛。

「二郎的『朝氣蓬勃』也更顯精神！」

這套「太陽神掌」乃是介於人神之間的武學，共有九招：「旭日東昇」、「朝氣蓬勃」、「日麗風和」、「豔陽高照」、「日正當中」、「烈日炎炎」、「白駒過隙」、「斜陽淡暉」、「夕陽西沉」。

九名太陽使者都各只練一招，前三招開宗明義，中三招轉為剛熾猛烈，後三招則最為陰狠，殺人於無形。

呂宗布輪轉神劍，企圖以寶劍劍芒壓制熱氣，但那蒸浪般的氣流無孔不入，仍然滾燙直逼過來。

明陽緊接著出手：「日麗風和！」

熱氣雖然平和，卻有著一股讓人無法抗拒的暖意，直透心脾。

明陽退後，輪到豔陽高照了，烈燄開始發威，呂宗布只覺整個人都像被扔進了高溫烤箱中，全身的水分都將要被蒸乾。

正陽踏前一步，雙掌齊出，喝道：「日正當中！」

熾熱狂燄如海濤蓋頂、萬箭齊下，呂宗布的眉梢髮際都已著火，再也抵擋不住，一連十幾步退到了廳外。

夏侯有電急叫：「呂老弟，別管我們，你快走！」

呂宗布衡情度勢，心知今日決計贏不了對方，不如暫且退去再謀計較，把腿一蹬，向寨外逸去。

太陽使者動容道：「這小子厲害，居然接得住咱們五招，還能全身而退。」

廳內眾人雖已躲進角落，仍被這一輪神掌烤得眼冒金星、汗如雨下。

太陽使者轉而面向他們，齊聲問道：「王梳雲呢？」

夏侯有電愛理不理：「我們不知道這個人。」

「胡說！我們就是跟著她來的。」

昏頭搭腦的韓元魁這時才從地上爬起，恨恨道：「我就說她是個害人精！」又諂媚的向太陽使者道：「她才剛走，眾位英雄現在去追，應該還追得上。」

太陽使者齊聲冷笑。「去！叫所有的寨民前來集合！」

美人中計

梳雲行走於鄉間小路，文載道和夏侯有蛋氣喘吁吁的追了上來：「姑娘，妳怎麼說走就走？」

梳雲哼了一大聲：「我不走，留在那兒被他們氣死啊？」

文載道唉道：「呂大俠很關心妳，叫我們來把妳追回去，妳就別亂跑了。」

梳雲心中浮起一陣暖意，臉上倔強得不肯露出來：「哼，我要他關心我？」

夏侯有蛋笑道：「妳不想跟他那個啊？」

梳雲又羞又氣的給了他後腦袋一個大巴掌：「什麼這個那個？小娃娃頭，小心我閹了你！」

夏侯有蛋傻笑：「妳這樣亂走，不是事兒嘛！妳跑來這裡到底想幹什麼，總該跟我們說說，我們也許能拿個主意。」

梳雲想了想，決定吐實：「其實啊，我來這裡是爲了要找一個東西……」

話沒說完，她就踏中了一個圈套，整個身體被繩網套住，拉上半空。

緊接著，幾名響馬從草叢中竄出：「小妞兒，這下子我們老大可樂了！」
文載道、夏侯有蛋賈勇想擋在他們面前，但兩下子就被打倒。
響馬們將整個繩網取下，放上馬背，呼嘯而去。
文載道嚷嚷：「咦，你們不把我們一起抓走啊？」
夏侯有蛋忍不住踩了他一腳：「你這傻瓜，哪有人想要被強盜抓的？」
文載道脫口而出：「你們不也是強盜？」
夏侯有蛋一楞：「你胡說些什麼？」
文載道把昨夜親眼看見夏侯有電督促寨民掩埋屍體之事說了一遍。
夏侯有蛋笑得打跌，繼而說出一番讓文載道傻眼的話語。

挖開一個大祕密

太陽使者命令所有寨民扛上工具，來到後山：「開始挖！」
大家不解：「挖什麼？」
「統統挖！」
這番挖掘直到半夜，太陽使者又將婦女們都集合起來，叫她們舉著火把，將後山照耀得有如白晝。

終於，一具尚未腐爛的屍體被挖了出來。甄寡婦與附近的寨民們有意掩蓋，但還是被韓元魁看見了。「怎麼會有屍體？」

大家都沉默以對。

韓元魁搶過工具，自己亂挖一通，可又挖出了許多具白骨。

韓元魁怒罵：「我就知道你們是一群惡賊！」跑到太陽使者面前嚷嚷著說：「眾位英雄請聽我一言，我是朝廷派來查案的！你們看，他們謀殺了多少人！」

太陽使者都露出沒有興趣的表情。

韓元魁只得再轉向寨民們怒喝：「如今事實俱在，你們有何辯解？」

寨民們仍然噤聲不語。

韓元魁逼近夏侯有電：「我要把你關進天牢，看你招不招供？」

夏侯有電嘆了口氣，淡淡道：「你想知道這是怎麼回事？跟我來。」

夏侯有電帶著一干人等進入那棟頗有嫌疑的小木屋，拉動隱藏在壁上的一個機關。

只聽「嘎嘎」聲響，地下的兩塊石板左右移開，露出了一條直通地底的石階通道。

韓元魁更加篤定：「若非賊窩，怎會有這種機關布置？」

「大家請進。」夏侯有電當先走了下去。

眾人跟著他摸黑走了將近百級石階，忽然眼前一亮，原來地底下已被挖出了個巨大無比的洞穴，上百名亂髮蓬鬆，骯髒邋遢的漢子還在努力向四面挖掘。

「原來是綁架良民、壓榨勞工！」韓元魁嚴正指控。「你們逼迫他們挖什麼？」

夏侯有電冷冷一笑，拍了拍一名正在工作著的、滿臉鬍鬚的大漢：「『雙刀』袁淮大哥，我逼迫你們挖什麼？」

名叫袁淮的大漢怒道：「誰逼老子？啊？誰敢逼老子？」

夏侯有電又拍了拍另一名老者：「我逼迫你們挖什麼？」

老者咕噥著：「還沒挖到，但是會挖到的，一定會挖到的……」

韓元魁一眼瞥見老者面容，大驚失色：「咦，你不是辛大人嗎？你應該是我的前任團練使，大家都說你死得不明不白！」

辛大人頹然道：「唉，找不到這個寶貝，就跟死了一樣！」

夏侯有電又指著遠處另兩名老者：「再前兩任的團練使都在那兒，你可以去打個招呼。」

韓元魁這下可結結實實的楞住了。

夏侯有電帶著大家在地穴裡遊走，一一介紹著那群形同苦力的各路英雄：「這位是形意門的掌門『鐵拳』霍連奇，這位是峨嵋三劍之首『拂風擺柳』江尙清，這位是八極拳的大護法『威震八荒』孟騰浪，這位是崆峒派掌門人的師叔『鬼影子』杜丹……」

終於介紹完了之後，夏侯有電才轉身瞪視韓元魁：「你搞懂了吧？他們都是聽到了傳聞之後，自己跑來亂挖的，我們想趕都趕不走！他們累死了、病死了，我們就幫忙抬出去埋掉，否則也不知該如何處理。」

長老們搖頭嘆氣：「這些年來，把我們的這座山挖得亂七八糟，萬一將來地震，會不會整座山頭都塌掉啊？」

韓元魁更呆了：「這……究竟是……？」回望太陽使者。「所以你們也是來尋寶的？」

太陽使者冷笑不語。

韓元魁猛地一拍前額：「天哪！這寶貝到底值多少錢？」

辛大人冷笑：「你就只知道錢，俗人一個！」

正在挖掘的各路英雄一起轉頭，齊聲大喊：「我們是在尋找后羿神弓！」

幸福的被綁架者

五花大綁的梳雲被按在擺滿酒菜的大桌前，翻山豹摟住她肩膀：「美人兒，喝一杯。」

梳雲眼見美酒當前，饞得口水都流了出來：「我很想喝，但我這樣怎麼喝？」

翻山豹大笑：「想騙我鬆綁？門都沒有。來，我餵妳喝。」

梳雲大喜：「乖！」毫不畏懼的大口喝酒，簡直就像巨鯨吸水，轉眼就喝掉了好幾甕。

饗馬們群起抗議：「老大，她再這樣喝下去，我們窩裡的存酒都要被她喝光了！」

梳雲兀自嚷嚷：「不夠不夠！再來再來！」

弄得翻山豹不得不把她帶入房中。

梳雲高興的打著酒嗝，媚笑：「現在要爽一下了，對吧？」

「沒錯沒錯，妳眞上道！」

「那還不快把我鬆綁？」

「別騙我，我不會上妳的當。」

「那你要怎麼弄呢？」梳雲索性往床上一躺。「來呀，快來呀，我已經慾火焚身了，你怎麼還沒動作呢？」

「妳以爲這樣就不行？照樣！」翻山豹撲了上去，但下一刻他就痛得猛跳而起，用手摀住褲襠部位。「妳那兒藏著什麼東西？」

一把扯掉梳雲的裙子，她私處竟戴著一具鐵製的「貞操帶」，上面還有許多小尖刺。

翻山豹看不懂：「這是？」

梳雲哈哈大笑：「這叫『貞操帶』，見識了吧？來啊來啊，再來啊！我好想你哦！」

翻山豹猛搔頭，研究著那個怪東西：「嗯，有個鎖，鑰匙在哪裡？交出來！」

「鑰匙當然在我老家囉，笨！」

「這怎麼難得倒我?」

翻山豹喚來一個名叫「大南瓜」的部屬:「聽說你從前是天下第一神偷?」

「沒錯。」

「那就開吧。」

大南瓜望著半裸的梳雲,心猿意馬的蹲在她兩條大腿中間,滿頭大汗的弄了半天,怎麼也打不開。

翻山豹不耐的敲他頭:「你神偷個屁呀!」

「老大,沒開過這種東西啊!」大南瓜一邊偷瞟梳雲粉嫩的大腿,一邊抱怨著:「而且,壓力很大啊!」

梳雲仰躺在床上,悠哉的喝著甕中剩酒:「這酒還不錯,就是不夠辣……不夠味……」話沒說玩就嘔吐起來,吐得大南瓜滿頭滿臉。

腦袋終於修好了

文載道與夏侯有蛋追蹤響馬們的馬蹄痕跡,悄悄來到響馬窩外,躲在一塊大石後面窺視。

那是一個大山洞,守衛洞口的幾個響馬來回巡邏,蟲蟻難入。

夏侯有蛋膽怯的說：「我們眞要救她啊？」

文載道說：「要不然咧？」

「但我們有什麼本領咧？」

「你說咧？」

「就沒咧。」

「只能見機行事囉。」

兩人悄悄靠近洞口，夏侯有蛋忽然有了主意，從地上撿起一個小石塊：「我朝那邊丟，他們就一定會往那邊去搜，我們就從這邊溜進去。」

文載道大爲贊同：「好主意！」

夏侯有蛋丟出石塊，嚳馬們卻馬上朝他們這邊衝殺過來。

兩人抱頭逃命，慌不擇路的逃了不知多遠，來到一處谷地，估量嚳馬們沒追過來，這才虛脫的靠著一塊巨岩歇息。

東方已漸露曙光。

文載道的肚子裡直發「咕嘟」之聲：「一整天沒吃東西，餓死了，你有帶乾糧嗎？」

夏侯有蛋頹然搖頭。

文載道渾身東摸西摳，掏出昨日甄寡婦塞在自己手裡的洗衣服的東西：「這玩意兒能吃嗎？」

夏侯有蛋大笑。「這是她們洗衣服用的，你怎麼會帶在身上？」

「忘了。」

「你想吃，就吃吃看唄。」

文載道把那白白黏黏的東西放在鼻子前面嗅了嗅，哪敢吃下肚去。

夏侯有蛋慫恿著：「吃啊，吃啊，其實那是一種果子，可以吃的。」

文載道傻笑：「眞的嗎？」

夏侯有蛋趁他開口說「嗎」的時候，忽一伸手，把那東西塞入他嘴裡。

文載道想吐，已吐不出來。

夏侯有蛋捧腹大笑：「滋味不錯吧？」

文載道苦笑：「有點噁心，你眞愛捉弄人。」

他的臉色突然變了，痛得抱住頭，呻吟出聲。

夏侯有蛋發慌：「你別嚇我，沒這麼嚴重吧？」

文載道深吸一口氣：「還好……」

但下一刻，又痛得抱頭滿地打滾。

夏侯有蛋嚇得想哭：「你別這樣，我不是故意的。」

文載道滿臉漲紅，眼珠盡是血絲，痛苦痙攣了半天，終於平靜下來，躺在地上，仰面望著天空。

夏侯有蛋急問：「你還好吧？喂，你沒死吧？」

文載道臉上露出笑意：「我從來沒有這麼好過。」不停的轉動眼珠子。「我從前讀過的書，全都一頁一頁的出現在我眼前，就像我一伸手就能摸到那些書頁一樣。」

夏侯有蛋號啕大哭：「你馬上就要死了……你不要恨我啊……」

文載道翻身坐起：「原來這眞是一種果實，櫔木的果實！《山海經》的〈中山經〉裡有記載：櫔木的果實如手指般大，白色有黏性，可以洗衣服，吃了以後可以過目不忘。」

這種果實進入人體之後，就分泌出一股白色的黏液，沖進腦血管，把原本阻塞的血脈全都打通，讓死去的腦細胞全都活過來。

夏侯有蛋驚道：「這麼神奇？唉，多少年來，我們只用它洗衣服。」

「反正你們也不讀書，沒差。」文載道背負雙手，踱著步子，連珠炮似的背著書，聲音快到根本聽不清楚他在背什麼。

三十六秒鐘之後，他停了下來：「四書都背完了，沒有背錯吧？」

夏侯有蛋楞楞搖頭，又楞楞點頭。

忽然，一顆長相怪異的人臉，睡眼惺忪的出現在巨岩的另一邊，冷冷道：「你少背了一個字。」

文載道一怔：「少了哪個字？」

怪人大吼：「你、們、吵、死、啦！」

夏侯有蛋笑道：「這是五個字兒啊。」

怪人氣憤離去。當他從巨岩另一邊「走」出來的時候，才發現他是一個人面蛇身的人——他把蛇尾巴放在頭上向前蠕動，仍走得很快。

夏侯有蛋、文載道嚇得抱在一起。

怪人去遠了，文載道才想起什麼，悄聲道：「《山海經》的〈海外西經〉中記載，軒轅之國的人，人面蛇身，尾交首上，就是喜歡把尾巴盤在頭上。」一拉夏侯有蛋。「我們跟著他走！」

軒轅之墟

怪人來到一處方圓數里的高臺附近，突然消失不見。

文載道、夏侯有蛋登上高臺，四下張望一回。

「這高臺好像是人造的。」夏侯有蛋道。「建在這兒幹嘛咧？」

文載道低頭看著地面，高臺上的土地泛出紅、青之色，俯身抓起一把土，細細檢視，發現砂土分爲兩種，一種是細粒的丹砂，另一種則是青色的碎石片。

文載道喃喃道：「〈西山經〉中說：軒轅之丘，無草木，其中多丹粟，多青雄黃……」

夏侯有蛋問道：「你又在咕噥什麼？」

文載道展示手中泥砂：「丹粟就是這種丹砂、青色的是雄黃。」再度環顧四周，挺胸宣告自己的新發現。「所以這裡就是軒轅之墟！」

鎖快開了

大南瓜仍在開鎖。

梳雲已躺在床上睡著了，發出雷般鼾聲。

大南瓜簡直受不了：「老大，你真的要她當壓寨夫人嗎？」

翻山豹也有點遲疑。「我已經開始後悔了。」

這時，鎖頭發出「卡嚓」一響，梳雲立即醒了過來。

翻山豹哈哈大笑：「鎖快開了！老子要爽啦！」

梳雲露出緊張的表情。

翻山豹樂道：「怎麼樣，笑不出來了吧？」

大南瓜弄了弄，依舊頹然：「這鎖有三道，開了一道，還有兩道。」

翻山豹氣得打他頭。

輪到梳雲哈哈大笑。

大南瓜卻又說：「不過我已經搞懂了，既然破掉了第一關，後面兩關應該也不難了。」

梳雲的笑聲瞬即卡在了喉管內。

這時，一名響馬來到房外，高聲道：「老大，外面有兩個人找你。」

翻山豹怒罵：「這個節骨眼兒上，我哪有空？叫他們滾蛋！」

「但他們說，有什麼優厚的交換條件。」

神弓的下落

文載道氣勢磅礡的負手挺立於大廳中央。

梳雲被五花大綁的推出來的時候，簡直不認識他了，不由暗犯嘀咕：「這呆子怎麼變了一個人？」

翻山豹一見是他，心裡就有氣：「你這傻瓜蛋，又來找麻煩！你要跟我交換什麼？」

「用一個寶物，交換梳雲大姐姐。」夏侯有蛋搶答。

翻山豹不屑冷笑：「你能有什麼寶物？」

文載道悠悠道：「后羿的神弓。」

梳雲大驚：「什麼？你知道了？不要告訴他！」

翻山豹捧腹大笑：「你們忘了，我是夏侯寨的人，從小就聽大家在講這傳說，聽得我耳朵都長繭了，我根本就不相信這一套！這些年有很多人跑去夏侯寨找這把弓，都是些瘋子、白癡！」

梳雲忙道：「對對對，不要相信，不要相信！」

翻山豹反而懷疑起來：「妳倒是很相信。」

梳雲強笑：「我？我哪有？」

翻山豹逼問：「妳也是來找它的，對不對？」

梳雲猛搖頭：「沒有沒有沒有！」

翻山豹愈發搔著頭皮：「看樣子，這傳說還眞有點名堂！」

擅於考證的好處

文載道、夏侯有蛋帶著大家來到軒轅之墟。梳雲已然鬆綁。

翻山豹警告著說：「小子，你最好別耍我，否則你會死得很難看！」

文載道胸有成竹：「當年，梟雄后羿被寒浞偷襲的那一天，他是出城去打獵，所以他應該不會帶著神弓與神箭。」

翻山豹點頭道：「沒錯，打獵何必用到神弓？」

「所以傳說中，他的隨從把弓箭帶走，交給后羿的子孫藏起來，只不過是以訛傳訛。」

翻山豹猛一拍手：「我就說嘛，神弓根本就沒藏在夏侯寨。夏侯寨的人確實射得很準，但還沒到『神』的地步。」

梳雲忙道：「那會藏在哪裡？」

文載道掃視眾人：「大家問問自己，你們會把最珍貴的寶物藏在哪裡？」

梳雲脫口而出：「當然是自己住處的附近。」

翻山豹邪笑：「就跟妳那把鑰匙一樣。」

夏侯有蛋怪問：「什麼鑰匙？」

梳雲又羞又氣：「閉嘴啦！聽文大俠繼續說！」

文載道道：「后羿放逐夏王太康，篡了夏朝，住進夏宮，所以神弓一定藏在他的寢宮附近。根據各類文獻記載，夏朝尚是半遊牧社會，首都多達十九處，大夏、夏墟、陽城、陽翟等等、等等，這裡也是其中之一。」

翻山豹皺眉：「那為什麼不會藏在其他的十八個地方？」

文載道道：「《山海經》的〈大荒西經〉中記載：有軒轅之臺，射者不敢西嚮射，畏軒轅之臺；〈海外西經〉中也說：不敢西射，畏軒轅之丘。好了，射手為何如此敬畏軒轅之墟？爲何不敢站在軒轅之墟，向西方射箭？可能就是因爲神弓藏在軒轅之墟的西邊！」

翻山豹連連點頭：「嗯嗯嗯，挺有道理！」

此時，夕陽正好西斜，夢幻般的陽光映在眾人臉上。

翻山豹喚來一名響馬：「你，朝西邊的太陽射一箭。」

那響馬依言一箭射出，飛到拋物線的最頂端時，地底突然衝上一道激光，使得那箭爆裂，化作粉屑。

翻山豹喜極，拍手大笑：「快！大家就從那地方挖下去！」

響馬們登時動手挖掘。

梳雲走到文載道身邊，責怪的擰了他老大一把：「你……唉，你把祕密都洩露光了，大家完蛋！笨死了！」

夏侯有蛋不爽道：「喂，妳不謝謝我們救妳，反而還要怪我們？」

文載道問著：「妳想得到那把神弓究竟有何用處？」

梳雲頹喪不已：「我……現在說這些還有用嗎？」

另有目的

夏侯寨的地底洞穴中仍然忙碌著。

甄寡婦與婦女們抬入大桶大桶的食物，放飯給各路英雄。

甄寡婦的眼睛很忙碌，不停的四下打量。

韓元魁走到太陽使者面前：「眾位大俠，敝人代表朝廷，我們可不可以打個商量？」

「沒得商量。」

「唉，別這樣，你們何必與整個朝廷為敵呢？將來你們若能將那把神弓獻給皇上……」

太陽使者一起狂笑，震得眾人耳鼓發麻。

笑完了，豔陽才發話道：「你以為我們也跟他們一樣？錯了，我們眞正的目的不是那把弓。」

韓元魁一楞：「你們不是在找弓？」

這時，有人大嚷：「這裡挖出了一個盒子！」

太陽使者與各路英雄都圍了過去，打開年代頗為久遠的青銅盒子一看，裡面竟只裝著一套《山海經》。

「嘖！原來只是一疊爛書！」

大家都散開了。

太陽使者面面相覷之後，拿著那套《山海經》出了洞穴，走入議事大廳。

斜陽嘀咕著：「我們找的眞是這個東西嗎？」

「先看完了再說。」

《山海經》全套十八卷，九名太陽使者人手兩卷的坐在大廳中埋頭苦讀。

無所不在的甄寡婦又送茶水進來：「大爺們，喝茶。」

太陽使者沒去理會她，甄寡婦臉上飄過一抹陰狠的神色，退了出去。

忽然，輕陽猛拍一下桌子：「有了！記載在這裡！」

其他八人都擠過來看書，繼而放聲狂笑，一起飛身離去。

神弓現蹤

旭日剛剛東昇，響馬群中便起了一陣騷動：「老大，在這裡！」

翻山豹與梳雲、文載道等人都跑了過去。

響馬們從地下挖出了一把紅色的大弓和九支插著白色羽毛的神箭。

翻山豹接過大弓，拉了一下弓弦，只覺這弦不硬不緊，但彈性十足，頗有勁道。他也算是弓箭行家，自然愛不釋手，連聲道：「眞是好弓！」

再瞧那九支箭，箭桿筆直，輕巧而又堅韌，竟不知是由何種材質造成，又讚不絕口：

「眞是好箭！」

梳雲下定決心，走到他身邊：「翻山豹，我們談個條件。」

翻山豹冷笑：「妳能跟我談什麼條件？」

「我能讓你當駙馬爺！」

翻山豹楞了一下。

梳雲挺胸道：「我姓王，哥哥是高麗國王，我是高麗國的公主。」

夏侯有蛋傻眼：「高麗國？」

文載道撫掌而笑：「我早就覺得姑娘談吐不俗，必非常人。」

翻山豹似乎有點興趣了：「妳再說下去。」

梳雲道：「敝國朝中有個奸臣名叫金致陽，我得到可靠的情報，說他想用妖法祭起九顆太陽燒焦高麗，然後乘機篡位。」

「所以妳想用這把弓將太陽射下來？」夏侯有蛋很是興奮。

「正是。」

翻山豹失笑：「唉喲喂呀，這弓確實很好，但什麼后羿射日，不過就是騙小孩子的鬼話，你們還當眞咧！我就射射看。」

翻山豹引弓搭箭，就想射太陽。

響馬們慌忙抱著頭、蹲下身子：「老大，別開玩笑！」

翻山豹一笑住手。

梳雲懇求道：「總而言之，如果你能拯救我國千萬黎民蒼生，我就……嫁給你。」

翻山豹遲疑著：「可我怕妳打鼾。」

「我……侍候你睡著了，再去別的房間打鼾。」

翻山豹摟住她肩膀：「娘子，我會好好疼妳的！」

梳雲技巧的脫開他的擁抱：「你答應了？」

「呃……既然得到了這寶物，總該先賺點錢才對。」

響馬們嚷嚷：「就是這樣！老大英明！我們再去攻打夏侯寨？」

翻山豹呸了一大口：「夏侯寨那種鳥地方，有什麼油水？當初若不是因爲這美人兒，我才懶得攻打他們呢。」環目四顧，低頭沉思。「這附近最有錢的地方是哪裡？」

響馬們齊聲大叫：「鄭州！」

倒楣的知州

劍神呂宗布離開了夏侯寨之後，並未走遠。

他既已知道夏侯寨與有窮氏的關連，當然要完成宗布大神交付的任務，只是那九名太陽使者的武功實在太高，讓他不知怎麼辦才好？

此時的他還不眞正相信神鬼之說，更不知那套「太陽神掌」並非凡人的武功，這就使得他心生氣餒，認爲自己畢生所學不過如此，永遠無法企及對手的成就。

他這一輩子還未嘗過落敗的滋味，思前想後，羞憤難當，不知不覺的來到了鄭州。

鄭州知州何隆算是王屋派掌門人賀蘭棲眞的遠房表親，呂宗布順便拜訪了他一次。

哪知這何隆是個官痞子，見他一不送禮，二不阿諛奉承，招待他有何意義？冷淡得不得了。

呂宗布討了個沒趣，更覺氣悶，只待了一天，便欲離去，剛剛走上大街就見百姓們亂跑亂嚷：「響馬來攻城啦！」

呂宗布暗中皺眉。「倒沒聽說世上竟有膽子這麼大的響馬！」尋了個死角，躍上城牆。

翻山豹已率領著隊伍逼近鄭州城下。

梳雲駕著一輛敞篷馬車居中而行，文載道被打扮成諸葛孔明的模樣，頭戴綸巾、手搖羽扇，端坐車上；夏侯有蛋則扮成了書僮，站在他身後。

這可讓呂宗布摸不著頭腦。「他們怎麼跟翻山豹混到一起去了？」

響馬隊伍來到城外停住，翻山豹朝著城樓上的士兵大吼道：「城上的鳥兵聽著，本大爺手中握著的是后羿神弓，一箭就能把你們鄭州夷爲平地，還不快快投降，獻出滿城財物！」

呂宗布心中一驚。「神弓竟被他所得？這可一定要搶過來！」從另一邊躍下城牆，悄悄掩向響馬隊伍。

知州何隆得訊，連忙登上城樓：「哪裡來的草寇，好大的膽子！」

守將上前稟報：「他說他有什麼后羿神弓。」

何隆鄙夷的撇了撇嘴：「原來是個瘋子，放箭！」

城牆上的官兵箭如雨下。

翻山豹冷笑：「不知死活的東西！」

響馬們齊聲嚷嚷：「老大，給他們好看！」

翻山豹彎弓搭箭，一箭射出。

那箭勢若奔雷，直射何隆面門。

立將何隆嚇得尿了一褲子，癱軟在地。

那箭卻如同導向飛彈，旋即改變方向，變成垂直的向倒在地下的何隆射落。

何隆只有抱頭等死的分兒。

不料那箭突然又改變方向，射了回去。

翻山豹驚視未已，那箭已正中他胸膛，使得他整個身體都飛了出去，一直飛出老遠才落下地面，已然氣絕身亡。

文載道、梳雲等人與響馬們全都呆住了。

何隆站起，擰乾褲檔，下令：「給我殺出去！」

官兵殺出城門，響馬們扭頭就跑，梳雲也趕緊駕著馬車，掉頭飛奔。

響馬們跑到翻山豹陳屍處，都不敢把弓箭拿起來。

梳雲駕車來到，跳下駕駛座，想要去取弓與箭。

文載道驚呼：「啊？妳還敢要？」

人影一晃，呂宗布正好趕到，與梳雲同時出手，兩人各自抓住神弓的一端。

梳雲怒罵：「你幹什麼？」

呂宗布毫不相讓：「這也是我要找的東西！」

文載道忙道：「你們別在這裡搶，先回夏侯寨再說！」

這提議倒是挺合理，呂宗布登時鬆手，讓梳雲拿著弓箭跳上駕駛座，繼續驅車前奔。

後頭，何隆率領官兵追趕，一邊大呼：「擒下那匪婆與狗頭軍師！」

文載道不由抱頭哭喊：「天哪，我竟成了反賊！」

誰才有資格？

夏侯寨的廣場上，寨民們群聚討論：「那九個怪人不知意欲何爲？怎麼一下子全都跑光了？」

夏侯有電沉吟道：「其中必有絕大的陰謀。」

韓元魁兀自渾身顫抖：「他們的武功高成那樣，天下有誰能夠制服他們？」

這時，負責把守的夏侯有名氣喘吁吁的跑了過來：「他們回來了！」

「啊？又回來了？」韓元魁嚇得縮起脖子，想找地方躲藏。

夏侯有名道：「不是啦，是『他們』回來了！」

寨門大開。

梳雲駕著馬車洋洋得意的進入，跟在後面的呂宗布不想引人注目，悄悄的順著暗影走入寨中。

夏侯有蛋當先跳下車，嚷著：「以後大家可以放心了，翻山豹已經死了，那幫響馬全都散了！」

寨民全都高興的圍了過來。「眞的啊？是誰殺了翻山豹？」

「是……」夏侯有蛋信口胡謅。「就算是我們三個一起殺的吧！」

寨民歡呼喝彩。

梳雲舉起手上弓箭：「這就是后羿的神弓與神箭，大家以後不用再費心尋找了。」

寨民們都呆住了。

消息很快的傳入地底洞穴，正在挖掘的各路英雄全都從那棟小木屋裡跑了出來，楞楞的看著梳雲手裡的弓箭。

甄寡婦擠在人叢中發話道：「能夠讓我們見識一下神弓的威力嗎？」

眾人紛紛附和：「對對對，見識一下！見識一下！」

文載道忙道：「這可不行！」把翻山豹的下場敘說了一遍。

眾人又都呆住了。

韓元魁皺眉道：「既然不能用，還不等於是個廢物？」

神弓的弓弦似在回應他的話，發出「叮」地一聲響，嚇得韓元魁軟腿跪倒。

夏侯有電道：「現在最主要的問題是，誰有資格用它？」

寨民們議論著：「當然應該是我們有窮氏的後裔才有資格！」

各路英雄極爲不爽，崆峒派的「鬼影子」杜丹當先冷笑道：「這種神兵，沒本領的就不能用。你們這群鄉巴佬，誰有這本領？」

寨民們反唇相稽：「難道你就有本領了嗎？」

雙方愈吵愈激烈，生性最爲魯莽的「雙刀」袁淮忍不住了，暴喝道：「光動嘴，能吵出什麼名堂？」虎地衝過來，一伸手就搶走了梳雲手上的弓箭。「我就不信老子不能用！」

就在此時，天空中傳下一聲尖嘶，正有一隻老鷹從遠方飛過。

袁淮喝道：「就拿那鳥試試！」對準老鷹一箭射去。
眾人都好眼力，見那飛箭迅若流星，勢道之猛銳更是遠遠超過人類的想像力。
老鷹遠在普通弓箭的射程之外，神弓發出的這支箭卻輕易的橫過不可思議的距離，準準的朝牠頭頂射去。
「必中無疑！」眾人心裡都這麼認爲。
就在箭尖已及老鷹頸上羽毛的那一瞬，那箭突然改變方向，比去時更快的飛了回來，一箭正中袁淮胸膛，把他射了個透穿，還讓他順勢飛出七、八丈遠，牢牢的釘死在石牆上。
眾人全都嚇壞了！
文載道嘆了口大氣：「凡天下寶物，唯有德者居之！」
梳雲慢條斯理的撿起弓，挖出箭，笑道：「還有誰想試？」
「鬼影子」杜丹忙道：「讓有窮氏的子孫去試！」
寨民們忙道：「這些年來都是他們在找，讓他們去試！」
大家邊說，邊往後退，離神弓愈來愈遠。
呂宗布在旁冷眼觀看，心裡狐疑。「這弓我能用嗎？宗布大神要我找它幹什麼？又或者只是要我把它收藏起來？」
眾人像一群受驚的小鴨，擠在一起竊竊了半天，夏侯有雹才道：「反正，這寶貝決不能讓那幾個怪人得了去。」

梳雲忙問：「什麼怪人？」

夏侯有電道：「有九個穿著黃衣的怪人，自稱太陽使者，說是跟蹤妳過來的，武功高得出奇。」

梳雲大驚失色：「他們已經來過了？糟了！」

夏侯有名又跑了過來：「官兵殺來了！」

韓元魁指著梳雲大叫：「我早就說她是個禍頭子，這會兒連官兵都招惹上了！快開大門……」

話沒說完，就被一個站在他後面的人一拳打暈。

出手者竟是前任團練使辛大人。

辛大人悠悠道：「既然當了團練使，就要有種！」

大戰官兵

何隆率領著鄭州官兵來到寨外：「快把匪首交出來！」

各路英雄鬧鬨鬨的登上城樓，朝城下大罵：「你們也想來搶神弓？我們找了這許多年，豈能讓你們撿了便宜？我們出去，把他們趕走！」

長老們慌道：「我們總不能公然反抗朝廷。」

各路英雄才不管這些，紛紛走下城樓，打開寨門，衝了出去，各展本領，殺入官兵陣中。

長老們只得大叫：「休傷人命！」

形意門的掌門人「鐵拳」霍連奇面若方塊，鬚如鋼絲，他自創的形意拳霸絕天下，每一出拳就打暈一個官兵。

峨嵋三劍之首「拂風擺柳」江尚清，身形瘦削，劍法柔軟如柳樹款擺，長劍揮灑之間，似有著奇妙的引力，官兵手中的兵器都被攪飛。

八極拳的大護法「威震八荒」孟騰浪拳勁既猛，又最擅長空手入白刃，一伸手就把官兵的兵器都抓了去。

崆峒派掌門人的師叔「鬼影子」杜丹，身體看似瘦弱，行動起來有若鬼魅，讓人無法捉摸。

鄭州官兵怎當得這群身懷絕技的武林大豪，不到片刻便被打得落花流水，卻沒死傷任何一人。

何隆亢自不識相的騎在馬上大叫：「殺光他們！殺光他們！」

忽然一道劍光掃過，他的頭盔便像塊豆腐似的裂成兩爿，嚇得他倒跌下馬，又尿溼了褲襠。

抬眼只見呂宗布冷笑著站在他面前：「何大人，還是回你的州衙裡去擺官架子吧，外面不是你能來的地方。」

何隆爬起，大叫：「退兵！退兵！」

官兵們狼狽退走。

各路英雄爆笑如雷。

解救世界的宣言

夏侯寨的廣場上大開筵席，眾人開懷暢飲，神弓、神箭被供在廣場正中央。

各路英雄喝一杯酒就嘆一聲：「終於找到弓了……以後不用再挖洞了……神弓神箭雖找到了，但又不能用，我們白忙了一大場……算了，回家養老去吧……全都是妄念！妄念啊……」

「鐵拳」霍連奇舉杯站起：「我敬夏侯寨全寨上下一杯！多謝各位這麼多年來的照顧與容忍。」

各路英雄齊道：「對對對！敬夏侯寨！這麼多年，打擾了！」

大家痛飲。

辛大人又站起：「老朽敬高麗公主一杯！」

大家又起鬨：「敬敬敬，敬美人兒！」

梳雲早已喝得半醉，也站了起來：「我要敬找到神弓、又救了我一命的文大俠、文才子、文大英雄一杯！」

眾人鼓掌喝彩。

夏侯有電道：「公主，那些怪人說他們的主要目的不是神弓，妳可知他們在找什麼？」

梳雲道：「他們是我國奸臣金致陽派出的妖人，自稱太陽使者，能驅動太陽。所以他們應該是在尋找當初被后羿射落，躲藏起來的太陽！」

眾人大驚。「眞有這麼回事？」

梳雲又道：「傳聞他們毀滅高麗之後，還要毀滅整個世界！所以我必須阻止他們的野心陰謀！」

呂宗布直到此時，方才輕輕一嘆：「但妳能用這把弓嗎？」

梳雲心中雖然一沉，面上更顯倔強，大口喝下一杯酒：「反正我到時候拚死一試，成了就成了，不成不過一條命！」

眾人都尋思著：「這姑娘當眞愧煞鬚眉！」

夏侯有蛋頭痛道：「妳要找太陽使者，他們則在找躲貓貓的太陽，好像很複雜咧！」

霍連奇道：「所以要先搞清楚，那些太陽使者會去哪裡找那九顆太陽。」

眾人都道：「這有誰會知道啊？」

夏侯有電道：「太陽使者找到了一部《山海經》之後就走了，可見《山海經》裡就有答案。」

「好咧！」梳雲一笑。「這個問題就要問文大俠了，一定考不倒他。」

眾人都道：「聽說文大俠學富十五車，不，五十車，讀書過目不忘，乃天下奇才！」

文載道不好意思的搔著頭：「沒有啦……其實是……咳咳，別提了……」

「文大才子太謙虛啦！」

梳雲道：「你快考證那九個太陽可能的藏身之處。」

文載道不假思索的說：「根據〈海外東經〉的記載，從東南隅至東北隅，有𨸝丘、大人國、君子國、朝陽之谷、青丘國、黑齒國，這就是我們要找的地方。」

「黑齒國？」眾人竊竊。

文載道道：「黑齒國住的都是黑人，連牙齒都是黑的，吃蛇為生。『下有湯谷』——就是溫泉。『湯谷上有扶桑』——就是扶桑木。『十日所浴，居水中，有大木，九日居下枝，一日居上枝』，就是說，十個太陽都喜歡在這溫泉裡洗澡。」

夏侯有蛋笑道：「啊？太陽還會洗澡？」

梳雲哼道：「就是躲在那裡唄。」

文載道道：「〈大荒東經〉中又說：大荒之中，有山名曰孽搖頵羝，上有扶木，柱三百里。這棵樹有三百里這麼高……」

眾人又「哇」了一大聲。

文載道道：「其葉如芥，有谷曰『溫源谷』，湯谷上有扶桑木，一日方至，一日方出，皆載於鳥。就是說，十顆太陽像走馬燈一樣的在天上跑，而且是由大鳥載著的……」

呂宗布皺眉：「由鳥馱著？聽起來不像是眞的太陽。」

「分明是邪法作祟！」梳雲拍桌起身。「我們明天就出發，去找那個什麼溫源谷！」

她此話一出，大家便都沉默下來，臉上好似都寫出了幾行字兒：

「我們」明天出發？

這「我們」是誰啊？

為什麼「我們」要去解救高麗國？

連文載道都傻楞楞的看著她。

韓元魁奸笑道：「雖說姑娘有一車財物，但大家可都不感興趣。」

梳雲眼見他們這副模樣，心中有氣：「你們放心，本大小姐從來不求人！」把酒杯重重一放，大步走離。

各路英雄俱皆失笑：「這姑娘的脾氣可眞大！」

定情井

梳雲在井邊打水洗臉，想要洗掉心頭的晦氣。

月光下的她，清純皎潔，竟宛如下凡仙子。

呂宗布隱在暗處看著她，胸中五味雜陳。

她要弓，他也要弓，難道必須跟她翻臉？

他個性孤傲，本不會對這個豪爽、潑辣、粗野、任性的姑娘產生丁點好感，但偏偏，一股莫名的吸引力從她身上散發出來，讓他非常不情願的陷了下去。

他走到她身邊：「又喝醉了？」

「我會喝醉？笑話……」梳雲說著，身體一搖晃，差點跌倒，呂宗布忙扶著她坐下。

梳雲打著酒嗝兒：「我問你，你想要那弓，幹嘛？」

「我有我的理由。」梳雲才一瞪眼，呂宗布又續道：「但我們也許並不衝突，也許我可以先幫妳解決妳的問題……」

梳雲立刻緊抱住他，高興的尖聲大叫：「眞的啊？你眞好！」

「我還沒說完。」呂宗布盡量裝作冷淡。「如果眞能幫你們射下太陽，將來神弓還是歸我；再者，我還不知道我能不能用那把弓呢！」

梳雲又有點洩氣：「是啊，到底誰能用那把弓？傷腦筋！」

「妳眞要以死相拚？」

「要不然，眼睜睜的看著國破家亡？」

呂宗布敬佩她的膽氣，憐惜的說：「這些天，妳受苦了。」

梳雲笑道：「還好啦，幸虧有你們這些好人，文大俠、小有蛋……要不然我早就死透了！」

「妳快點休息吧，接下來還有許多大事要做。」

「還沒問你，你要跟我一起去，不怕危險嗎？你也知道太陽使者的厲害，我死了沒關係，你怎麼辦？」

一時間，呂宗布也答不出來。是想爭一口氣，打敗太陽使者，還是被愛情驅使？此刻的呂宗布完全沒有具體的答案。

梳雲緊盯著他問道：「你……很關心我的國家？」

呂宗布一搖頭，還沒說話，梳雲已促狹的逼問：「還是關心我？」

呂宗布臉上一紅，更說不出話。

梳雲臉上流露出難得的嬌羞：「你……喜歡我嗎？」

已被逼到這死角，呂宗布只得點了點頭。

梳雲的語聲更柔膩了：「你喜歡我什麼？」

呂宗布難以招架：「妳……呃，妳的名字很好聽。」

梳雲大笑著推了他一把：「你這人就是不肯說心裡的話！眞有這麼丟臉嗎？」

呂宗布尷尬笑道：「眞的啊，梳雲，可以把雲梳過來梳過去，很空靈的感覺。」

梳雲道：「小時候，看見天上那種亂亂的雲朵，我就很想把它們梳得乾淨平滑，就像梳一隻小狗一樣，一直梳一直梳……」

梳雲邊說，邊梳著呂宗布的頭髮；呂宗布只得苦笑著讓她梳。

梳雲梳著梳著，竟靠在呂宗布的肩膀上睡著了。

呂宗布有些手足無措。

甄寡婦正好走來。

呂宗布忙道：「甄大娘，痲煩妳了。」

甄寡婦扶著梳雲走向客館。

呂宗布仍癡癡望著她的背影。

怪物鑿齒

客館內又鼾聲震天。

這回卻是喝醉了的文載道和梳雲一起打鼾。

甄寡婦假裝打掃著屋內，眼睛到處亂瞟。

她偷偷挨近掛在牆壁上的神弓，伸手取下，悄悄走到屋外，雙手橫執大弓，抬起右膝，就想把弓折斷。

但聽呂宗布的聲音在她身後響起：「甄大娘，我已經注意妳很久了。」

甄寡婦一怔之後，回首媚笑：「呂公子，我就知道你一直在暗戀我，嗯，你好壞！」話沒說完，就猛地一拳打向呂宗布，勁道之強猛居然遠勝江湖一流高手。

呂宗布猝不及防，被她打退了好幾步，楞了半晌，又衝上前去奪弓：「這弓妳用不得！」

甄寡婦厲喝：「我不是要用它，我是要毀了它！」

一串快拳打來，呂宗布幾乎只有招架之力，心下驚忖：「她到底是何來路？」

梳雲被外頭激戰的聲音吵醒，衝了出來：「喲，原來這寡婦是臥底的！」

「沒錯！我為了這把弓，跟個奴隸一樣的隱身在這個爛地方受盡欺凌，今天總算有著落了！」

原來她嫁入夏侯寨是別有目的，怪不得她丈夫不到一年就死了。

呂宗布知她若要毀弓只是舉手之勞，心中焦躁，太阿神劍出手，直指她左手手腕。

甄寡婦再強悍，也不能不顧忌此劍的絕世鋒銳，手往後一縮；呂宗布掄轉劍背，在她握弓的手背上一敲，神弓與神箭便都掉在地下。

甄寡婦桀桀怪笑：「好高明的劍法，我看你能強橫到幾時？」

甄寡婦高高躍起，身法竟輕捷異常，宛如一條鬼影，繞著呂宗布打轉。

梳雲笑道：「好胖的一顆球！」

她渾身暗器，可正是擅於輕功者的剋星，她又是飛刀、又是短箭的胡噴亂射，讓甄寡婦窮於應付。

文載道也被吵醒，頂著酒意，搖搖晃晃的跑出門外看見這一幕，慌忙大喊：「大家快來啊！殺人了啦！」

甄寡婦怒罵：「叫個鬼！」想要撲向文載道。

梳雲乘隙一鏢射在她背上。

甄寡婦不但沒有倒下去，反而被激得大怒，虎吼一聲，身軀驀然脹大了好幾倍，目若銅鈴，臉色紫紅，露出滿口鑿子似的利齒。

文載道大驚：「她……她是鑿齒的後人！」

傳說中，三千多年前，怪物鑿齒死於后羿的神箭之下，不料他居然還留下了後代。

甄寡婦怪笑：「你倒是個識貨的！」

巨大的怪物飛掄起磨盤大的雙拳，砸向呂宗布、梳雲。兩人縱然併肩作戰，仍被那剛猛無比的拳風打得節節敗退。

這時，全寨的人都被吵醒了，跑來一看，盡皆駭異。

文載道嚷道：「她要報仇，毀掉神弓！」

甄寡婦狂嘯：「毀了這弓，我就能獨霸天下！」

各路英雄雖然都不能使用神弓，但總不能眼睜睜的看著別人毀了他們這些年來的努力與心血，立即聯手攻上。

「鐵拳」霍連奇從左側突入，拳走偏鋒，接連兩拳打在甄寡婦腰間，發出「砰」然巨響。

世有所謂「太極十年不出門，形意一年打死人」，形意拳的猛悍可見一斑，霍連奇又是形意門的掌門，手下功夫早已爐火純青，這兩拳下去，連大象都打死了，但甄寡婦渾若無事，反而撲將過來。

「拂風擺柳」江尚清趕忙一連串快劍削向她面門。

甄寡婦張嘴一咬，竟把他的劍嚼斷，並且「嘎吱嘎吱」的吃了下去。

「威震八荒」孟騰浪喝道：「我打妳娘的妖怪！」

不管三七二十一，一拳打在她偌大的胸脯上，反而把自己彈飛出老遠。

眾人大叫：「妖婦難纏！」

梳雲抽空又射了她一飛刀。

甄寡婦暴怒如狂：「妳這賤人！」轉身撲向梳雲，只一腳，把她踢出七、八丈遠，緊跟著一拳擊下，眼看就要把她的腦袋打成碎片。

萬分危急之時，呂宗布忽見神弓神箭就掉在不遠處，不暇細思，衝過去抓了起來，一箭射去。

那箭勢若斬雷巨斧，筆直劈入甄寡婦雙眼之間。

「好個……宗布……」甄寡婦的頭顱流出紫黑色的鮮血，倒地斃命。

眾人膽怯上前，圍觀那巨大的屍體，好不容易才定下神來。

文載道撫掌大笑：「眞命箭神終於出現了！」

各路英雄都道：「呂大俠不但是『劍神』，還是『箭神』呢！」

寨民們都道：「原來呂大俠也是我們有窮氏的後裔！」

呂宗布則在心內暗想：「不管怎麼樣，宗布大神的託付總算辦到了。」

梳雲因爲之前已經得到了呂宗布願意幫忙的承諾，更是喜得跳上半天高：「我們高麗有救了！」

不管三七二十一，衝上前去抱住呂宗布就是一陣狂吻。

眾人都笑：「好個不知羞的丫頭！」

夏侯寨內一片歡騰，沒人看見一輛張著四面風帆的飛車，從寨後小山上飛起，朝西方遠颺而去。

天大的陰謀

飛車橫過暗夜天際，來到洛陽的天下第一莊。

從奇肱國來的飛車小子任天翔下了飛車，走入清香四溢的大廳。

白玉一般的第五公子俞琰至正在品嘗嶺南特產的翠衫夏茶，他對面坐著一個怪人，臉部平坦得像一張扇紙，幾乎看不見五官的痕跡。

任天翔趨前躬身一禮：「稟報公子，呂宗布已經得到了后羿神弓，而且他確實能用。」

「好，你下去吧。」

俞琰至轉向那平臉怪人，悠悠笑道：「這事兒被我料對了——冥冥之中自有定數，箭神宗布與劍神呂宗布，果然有所關連。」

「公子參透天機，眞神人也！」平臉怪人阿諛著，白紙般的臉上竟浮現出一幅雲彩飄揚的圖畫。

俞錟至笑道：「造夢妖，你造給他的夢挺不錯的。」

原來這平臉怪物竟是個善於給人製造夢境的妖怪，升官夢、發財夢、高處摔下夢、踩到狗屎夢、損人精魄的春夢等等，那夜呂宗布所做的有關宗布大神的夢，就是由他所造的。

造夢妖的臉上浮現宗布大神站在桃樹下的圖形，苦笑著：「造這個複雜的夢，挺累的。」

俞錟至一笑：「現在你又要出動了。」

造夢妖的臉上現出樵夫在山中迷路的圖畫：「仕下不解，公子還想要支使呂宗布做什麼？」

俞錟至喝了口茶，慢悠悠的說：「如今的高麗王名叫王誦，他手下有個奸臣叫作金致陽，一直都想篡位，兩年前便已投效於我，聽我的號令，所以我喚醒了太陽使者，命令他們找到九顆太陽後，去把高麗烤得一片焦黑，製造動亂，以便金致陽以此爲藉口發動政變！」

造夢妖聽得暗暗心驚：「這個翩翩佳公子竟是個詭計多端、唯恐天下不亂的野心家！」

俞錟至又道：「但金致陽這傢伙奸狡成性，很難確實加以控制，膽子又小，成不了什麼大事，所以我另外布置了一手棋。」

「就是呂宗布？」

「呂宗布在高麗算是外國人，難以一下子就爭取到民心。所以我先叫他去尋找神弓，再叫他射下太陽，這樣就能漸漸成爲高麗人心目中的大英雄，進而推翻金致陽，統治整個高麗！」

造夢妖的臉上出現高麗宮殿的圖案：「原來公子是想當高麗的太上皇！」

俞啖至哈哈大笑：「你當我這麼小家子氣，一個高麗國就能滿足我的胃口？等呂宗布當上高麗王後，我會要他出兵征伐中原！當然，我還有其他的步數，到時候一起發動。」

造夢妖也興奮起來：「所以最終的目標是要毀滅大宋？」

「不。」俞啖至嫌他太笨似的皺了皺眉。「是要統治全世界！」

造夢妖忽又發著抖，臉上現出劍客斬魔的畫面：「問題是，那呂宗布會乖乖聽話嗎？」

俞啖至一笑：「他生性高傲，當然也很難掌控，但他有個致命的弱點！」壓低了聲音。

「你可知道他的身世？」

兩人竊竊私語、談得入港，都沒注意廳外大樹上懸掛著一顆比西瓜還要大的櫻桃。

渾頭小道士莫奈何這些日子悶得發慌。

他想出各種理由去跟梅如是搭訕，但梅如是忙著鑄劍，根本沒空理他，所以他除了偶爾到紫雲觀去和師父提壺道人打打屁之外，幾乎無事可幹。

這夜，他煮了一鍋四神湯，又來到梅如是的鑄劍坊：「梅姑娘，別累壞了，該調理一下身體了。」

梅如是只是呆呆的坐在那兒，望著前方。

莫奈何順著她的眼光看過去，工作臺上放著一柄劍，隱隱透出梅紅色的光暈。

「沒看過這劍……」莫奈何楞楞道。「難道妳新鑄的劍已經鑄好了？」

梅如是仍呆著：「這劍……好嗎？」

沒經過大腦反應的莫奈何，興奮的一把抱住她：「妳成功啦！」

梅如是呆傻的笑著，毫不抗拒，大約半炷香之後才覺得不對，用力乾咳了一聲。

莫奈何也才察覺自己的魯莽，慌張縮手：「咳……失禮……」

「你們好甜蜜嘛！」六寸大的櫻桃妖的真身，冷笑著從窗口跳了進來。

「櫻桃，妳看這劍！」莫奈何歡喜嚷嚷。

櫻桃妖才一靠近工作臺，馬上就覺得一陣刺骨寒涼，嚇得躍上莫奈何的肩膀：「這劍……好生刺人！」

莫奈何大力鼓掌叫好：「妖怪怕它，可見它是一等一的好劍！」

櫻桃妖沒好氣的扭住他的耳朵：「原來我是專門用來認證寶刀寶劍的？」

「這本來就是妳的功用之一。」莫奈何傻笑。

「好！那我的第二個功用，你們就不必知道了。」櫻桃妖轉身就往外走。

莫奈何聽出她話中有話，忙問：「妳又打聽到什麼了？」

櫻桃妖哼道：「你只會抱她，就不會抱我？」

莫奈何只得敷衍的摟了摟她的肩膀：「快說吧。」

櫻桃妖把剛才偷聽到的、俞啖至想要毀滅大宋、征服世界的計畫，一五一十的說了一遍。

莫奈何、梅如是俱皆大吃一驚。

「俞公子外表看起來人模人樣，不料骨子裡居然這麼狠毒奸險？」莫奈何直搔頭皮。

梅如是更顯憂慮：「他要我鑄劍，難道也是陰謀的一環？」

梅如是與櫻桃妖之間雖然芥蒂頗深，但畢竟她倆在崑崙山除妖一役中，曾經生死與共，她相信櫻桃妖決不至於編造這種謊言。

「這可怎麼辦？」

櫻桃妖倒是幸災樂禍：「反正不干我的事，你們去傷腦筋吧。」
這下該莫奈何揪住她的耳朵了：「喂，妳怎麼沒有半點忠君愛國的觀念呢？」
櫻桃妖嚷嚷：「你未免太可笑了，妖怪哪還有國界之分？」
梅如是想了想，收起梅紅寶劍：「總之，這天下第一莊不能再待下去了。」
莫奈何也想了想：「俞餤至的計畫能不能進行，還是個疑問，不如我們先去高麗國看看再做打算，」
「去高麗？」梅如是嚇一跳。「那有多遠？」
莫奈何臉上露出賊笑：「我自有辦法。」

野鷹一九七

飛車小子任天翔從奇肱國來到中原之後，沒半個朋友，只有莫奈何勉強算是個舊日相識，因此他倆走得還算近。
莫奈何等人來到莊內的飛車製造廠，剛回來的任天翔又在努力幹活。
「嘩，你這飛車廠的規模可比從前大多了！」櫻桃妖驚嘆。
「都虧俞公子的大力栽培。」任天翔顯得心滿意足。「過不了多久，就可以進行量產啦，每年三百輛沒問題。」

梅如是尋思：「製造出那麼多飛車，俞啖至的陰謀就進行得更快了！」

莫奈何走到一輛造型奇炫的飛車前，上上下下、前前後後的打量著。

任天翔趕緊跑過來，像介紹自己的小孩似的介紹著：「這是宋太宗太平興國五年生產的『野鷹一九七型』……」

「我知道，都會背了啦！八風帆，外加兩個渦輪小旋球，扭力特強，從零加速到一百只需十分之一炷香，對不對？」

任天翔甚是窩心：「小莫道長眞是我的知己。」

莫奈何低聲道：「我今晚犯酒癮，想溜去揚州喝杯『北府兵廚』，你這飛車能不能借我一個晚上？」

「沒問題！」任天翔爽快答應。

莫奈何等人都已有駕駛飛車的經驗，很快的就飛上繁星萬點的夜空之中。

莫奈何好心建議：「飛到高麗大概需要兩天，大家先休息一下吧。」

櫻桃妖暗哼：「誰不知道你的心思，去什麼高麗國，不過就是想和梅如是多一些相處的時間罷了！要我休息，好讓你們情話綿綿？我偏不休息，叫你們有話也講不出來！」

抱著雙臂、鼓著雙眼，坐在兩人中間，死也不肯移動半分。

卻聽得陣陣鼾聲傳來。

「怪了，誰在打呼？」

車上三人都覺得毛骨聳然。

找了半天，才在車廂底下發現那隻白頭黑身的大肥貓，正窩得像個大絨毬，睡得又香又甜。

「混帳東西，故意躲這裡嚇人？」櫻桃妖掐了掐他肥得沒有脖子形狀的後頸。

「是你們擾人清夢，還怪我？」貓妖伸了個不見腰身的大懶腰，瞇瞇著惺忪睡眼，無辜的掃視眾人一回，最後緊盯莫奈何，噓了口口水：「你就是天下第一處男？」

莫奈何沒好氣的敲了他的頭一下。

貓妖朝櫻桃妖眨眼睛：「要不要分我一點？」

櫻桃妖又敲了他的頭一下。

貓妖賭氣，轉向梅如是道：「我說梅姑娘，妳可要珍惜這個渾頭小道士喲！」

梅如是也敲了一下他的頭：「就沒見過你這麼多嘴的貓！」

貓妖嘆了口氣：「好啦好啦，我再去睡覺。」

謊言之夢

呂宗布揹著弓箭，又行走在桃林之中，腳步輕快、心情篤定，因爲他已完成了宗布大神交付的任務。

但站在大桃樹下的宗布大神面容凝重，連巨虎小黃都搭拉下虎臉，一副很想咬人的樣子。

呂宗布上前交出弓箭：「終不負大神所託。」

宗布大神冷冷道：「你留著，下一個任務就會用到它。」

呂宗布微微一愣：「大神還有什麼吩咐？」

他此時已經認定自己與宗布大神有著某種神祕的關連，所以心中並沒有產生受人支使的屈辱之感。

「你要去射下九顆太陽，成爲高麗國的大英雄。」

「威震高麗？這有何用？」呂宗布頗覺無趣。

「然後我要你率領高麗兵，進軍中原，打倒大宋趙官家。」

呂宗布這一驚非同小可，戟指宗布大神大罵：「你這妖人，怎能嗾使我去做亂臣賊子？」

「你稍安毋躁。」宗布大神冷笑連連。「你可知你的父母是誰？」

這是呂宗布一直渴望得到解答的問題，便即安靜下來。

「你的母親就是當今皇后劉娥，你的父親就是你那日解救的鬼魂——龔美！」

呂宗布呆掉了，自己竟是皇后的私生子？

「二十三年前，現在的皇帝趙恆強娶你母親爲妻，又派人追殺你父親，你父親改名換姓，投靠呂家村，但仍躲不掉追殺，出於無奈，只得把你交給王屋派撫養，自己四處躲藏、忍辱偷生，最後仍遭到皇帝的毒手！」

這當然是一篇扭曲過的謊言。其實，那日支使崆峒派「黑面狻猊」伍壁刺殺龔美的正是俞燄至，目的就是要製造帝后之間的矛盾，不料卻被天下第一神捕姜無際識破，並將案子壓了下去。

不知命案原委的呂宗布止不住怒火中燒：「我父親是被皇上派人殺害的？」

「趙官家心狠手辣，你母親在宮中也無法自保，你若不起兵，就是坐視你母親喪命。」

呂宗布沉吟半晌：「我現在要怎麼做？」

「高麗奸臣金致陽企圖篡奪高麗王位，你等他成功推翻現任的國君王誦之後，再射下太陽，贏取民心，誅殺金致陽，名正言順的成爲高麗王！」

呂宗布又一驚，暗道：「先讓金致陽殺掉王誦，自己再出手？但梳雲乃是王誦的妹妹，我已承諾要幫助她，這豈不是……」

宗布大神早就看透了他的心思，罵道：「沒出息的東西！你若鍾愛梳雲、扶助王誦，說得好聽點是王家的駙馬，說得難聽點不過就是王家的奴才而已，怎能成就自己的大業？」

「大丈夫一諾千金……」

「歷來的開國者都是無賴惡棍，而不是什麼大丈夫！」

呂宗布想起這個后羿三千年前也曾篡奪夏朝政權，當即啞口無言。

宗布大神見他仍猶豫不決，厲喝道：「原來你只是個窩囊廢，我要你何用？小黃，吃了他！」

巨虎小黃後腳一蹬，飛撲而來。

這回，呂宗布根本沒有拔劍的念頭，毫不抗拒的在床上醒轉，陷入現實的煩惱當中。

趕走蒼蠅的方法

翌日一早，呂宗布才踏出臥室，就被各路英雄與寨民們包圍住了。

「大俠，早啊！睡得可好？」

呂宗布心裡懸著難以取決的問題，根本不想理睬他們，但不管他走到哪裡都有人緊緊跟隨。

韓元魁首先湊了上來：「呂大俠，借一步說話。」

兩人來到一座涼亭內。

韓元魁諂笑道：「先前多有冒犯，還望大俠別放在心上。」

「沒事，有話快說。」

韓元魁乾咳一聲道：「是這樣的，你也知道我姓韓，其實不是這個韓，而是寒冷的寒。」

呂宗布皺眉：「眞有此姓？」

「祖上『伯明氏』，就是當年殺死后羿的那個寒浞的後代！」

呂宗布冷笑：「怎麼，我還沒找你報祖上之仇，你就先找上門來了？」

韓元魁慌忙躬身：「欸欸欸，小人怎敢？小人是想大俠幫我們伯明氏復國，復國之後呢，小人也不敢有何奢望，只當個宰相就好……」

他話還沒說完，就被後面的人一拳打暈。

出手者又是辛大人。

「呂大俠，休聽他胡言亂語。正途的出身，應該是這樣——老夫向朝廷保薦您，等您用神弓立下大功、封侯拜相之後呢，您再保薦我，讓我當個『同中書門下平章事』什麼的……」

他話沒說完，就被「鬼影了」杜丹抓住脖子一扔，摔出老遠。「呂大俠，別被他們滿嘴的功名利祿沖昏了頭，你我武林中人當然就該獨霸武林、稱雄江湖！您用神弓打遍天下，大家當然會擁護你當武林盟主，我呢，閱歷豐富，正可當您的大護法……」

呂宗布煩得不得了，亭外還圍著一大堆七嘴八舌的傢伙，渾若一群趕都趕不散的蒼蠅，當下一皺眉頭，計上心頭：「這樣吧，我有個計畫，大家不妨聽聽。」

「大俠快請示下！」

「我要動身前往高麗，射下妖人所祭的太陽，可有人願意跟隨我前往？」

梳雲被擋在人群後面，擠不過來，一聽此言，高興大叫：「對啊，大家一起去！」

呂宗布瞟了她一眼，矛盾的情緒齊湧心頭，硬下心腸不去看她。

梳雲見他這冷淡的模樣，不由一怔。

各路英雄聽見呂宗布的提議，俱皆心忖：「高麗國干我屁事？巴巴的跑得那麼大老遠的去孵鳥哇？」全都搖著頭散去。

梳雲有點不爽的走了過來：「這些人都沒有敦親睦鄰的胸懷，不管他們了，我們自己去就好。」

呂宗布冷冷道：「我也沒有要去啊。」

梳雲一下子愣住了。

「我剛才這麼說，只是想要把他們趕走而已。」呂宗布極力忍住心中的愧歉與痛惜。

「我不想把神箭浪費在妳的國家！」

「可你昨夜不是說……」

「昨夜是昨夜，今天是今天，我改變主意了，高麗國的事跟我無關。」呂宗布把頭一低，轉身就走，不敢再看梳雲一眼。

「你這人怎麼翻臉無情，說話不算話？」刹那間，梳雲氣得淚流滿面，嘶吼道：「算了，你滾吧，本大小姐不需要你的幫助！」

各奔東西

夏侯寨民們用車子裝著所有家當，牽老攜幼的走出寨門。

他們因爲前幾天各路英雄抗拒官兵一事，生怕受到牽累，被朝廷怪罪；而且這些年來，山寨底部已被挖空，實已非安身立命的好所在，乾脆舉寨遷移。

各路英雄也都意興闌珊的踏上歸途。

峨嵋劍客江尙清與八極門的孟騰浪看見「鐵拳」霍連奇竟在翻查地圖，怪問：「你不回家嗎？離家許多年，竟不擔心家人？」

霍連奇笑道：「我那閨女霍鳴玉，個性獨立，一點都不用我操心。」

「你是第一屆洛陽拳鬥大會的冠軍，難道今年竟不衛冕？」

「拳鬥大會對我而言已無意義。」霍連奇又眼望地圖。

孟騰浪猛一拍手：「好哇！你今年不打，就看我的了！四年前，我只他娘的差那麼一步！」

「祝孟兄馬到成功。」霍連奇淡淡一笑。「只是對上我們形意門的時候，手下多留情。」

江尙清再問：「你到底想去哪裡？」

「我要去找傳說中火神祝融的長琴！」

孟騰浪失笑：「我看你他娘的眞的是瘋了！」

「怎能這麼說呢？」霍連奇滿懷信心。「我們既然已經證明了后羿神弓是眞有其物，祝融長琴當然也假不了！」

說得江尙清大爲心動，涎笑道：「霍老哥，那就算我一份吧！」

秀才永遠遇不到講理的人

文載道揹著他那幾篋書，剛走出寨門就被梳雲的馬車攔住。

「上車！」

文載道嚇一跳：「我……要回家囉。」

梳雲跳下駕駛座，跺了跺腳，哭得一枝梨花春帶雨：「文大俠，難道連你也不幫我了？」

「我……力有未逮，能幫妳什麼？」

「我不管嘛，你一定要幫我。」

「我我我……還是回家好了。」

梳雲見撒嬌不管用，瞬即翻臉，一把抓住他衣領，拎小雞似的將他拎起，再有若拋擲一個大布袋，「刷」地一聲丟上馬車。

「姑娘……呃，梳雲公主，請妳不要強人所難！」

「我沒有你怎麼行？萬一又要做什麼考證，我去找誰啊？」

「可我……皇上已經降旨，今年秋天要加開『恩科』，我的腦袋已經修好了，一定要去拚個狀元！」

「狀你個頭咧！」梳雲一巴掌打上他頭頂。「你若不幫我，看我會不會把你的腦袋再打壞掉！」

文載道欲哭無淚：「妳眞比強盜還霸道！」

「這叫秀才遇到公，有理說不清！」

「什麼是秀才遇到公？」

「公就是公主嘛，笨！」梳雲翻開車廂座椅，從下面的儲物櫃裡取出了幾甕酒。「我不會虧待你的啦！」

幾杯黃湯馬尿下肚，文載道又樂了：「跟妳一路，就這好處。」

「你快幫我考證一下，我們該往哪裡走？」

「這……」文載道的臉搭拉了下來：「神弓又不在妳手上，就算找到了太陽使者，妳要怎麼阻止他們呢？」

「還不簡單？」梳雲惡狠狠的催動馬車。「我跟他們拚了！」

寨牆上，一條孤獨的身影隱在暗處。

呂宗布望著梳雲的馬車離去，心頭落寞複雜。「我眞要眼睜睜的看著王誦被奸臣所篡，讓梳雲國破家亡嗎？」

雖然親生父母在他腦海裡只剩下非常模糊的印象，但從幼年就嘗夠了無父無母傷痛的他，絕對無法容忍一手製造出這個痛苦的仇人。

「梳雲，對不起了。」呂宗布心痛如絞的喃喃。「忘了我這個自私自利的小人吧！」

九顆太陽

谷中冒著騰騰熱氣，溫泉從石縫中流出，在谷底形成一泓大潭。

九名太陽使者來到溫泉旁邊，四下巡查了一回。

旁邊的山坡上，一棵大樹參天而起，看不見頂端。

夕陽喜道：「就是這裡了！」一起在潭邊坐下，唸動咒語。

溫泉大潭底部，九個圓圓的東西被水草、苔蘚纏繞著，似已度過了幾千年悠遠的歲月。

太陽使者持續唸誦的咒語透入水中，激起波漩，掃掉水草、撥離苔蘚，使那九個東西漸漸現出光澤。

原來竟是九面大鏡了。

太陽神鏡！

使者的咒語唸得更有力，潭底的太陽鏡愈閃亮，其中一面首先擺脫水草的糾纏，浮上潭面。

旭陽高興的把它撈起：「我先走一步，你們繼續。」帶著太陽鏡轉瞬便失去了蹤影。

秀才挨訓

梳雲的馬車駛入一個尋常的城鎮，找了家尋常的飯館。

小二端上飯菜，梳雲、文載道很快的吃著。

「嗯，這肉很嫩。」梳雲喚來小二問道：「這什麼肉啊？」

小二低頭唔呶：「是雞肉。」

梳雲又吃幾口：「騙人，明明是蛇肉！」

文載道一怔：「蛇肉？」

梳雲跳起，抓住小二，往他臉上一抹，白粉撲簌簌的往下掉，露出一張黑臉。

「給我看你的牙齒！」

小二強笑，露出了一口黑牙。

文載道大叫：「這裡就是黑齒國！」

小二搖頭：「黑齒國遠得很，還有一千多里，而且還要坐船。」

「胡說！你們統統都是假裝的！」梳雲隨手抓住旁邊的一名顧客又往他臉上抹，並沒抹下什麼；再捏開他的下巴一看，牙齒也是白的。

那顧客痛得哇哇叫：「惡婆娘，如此兇惡怎地？」

小二連連躬身：「各位客倌莫怪，我跟老闆都是移民。黑齒國真的還很遠！」隨手抓過一張紙，畫了幅簡單的地圖。

文載道看了幾眼之後，收在懷裡。

梳雲頹然坐倒：「還有一千多里路？那我們一定趕不上他們了！」

文載道沉吟了一會兒：「其實，我後來想了想，我們不必追去溫源谷，他們應該會選在高麗國的某處做法，我們直接去那兒阻止他們就好了。」

「可……他們會在哪裡作法呢？」

文載道道：「中原與高麗的分界線上有座高山，古稱『不咸山』，如今叫作『太白山』。」

「嗯，那倒是個做法的好地點，我們就往那兒去！」梳雲道。「回程要經過『大遼』國境，可得小心。」

對於古籍不載的現實時事，文載道可就不高明了：「高麗與大遼的關係不睦？」

「你們考狀元都不考時事的嗎？」梳雲不無嘲弄之意。「我問你，當今天下局勢如何？」

「呃，這個嘛，大宋在中原，北有大遼，西有夏國與歸義軍，南有大理，其他的都不知道了。」

「孤陋寡聞，莫此為甚！」梳雲終於逮著了教訓他的機會，當然得意洋洋。「你聽著啊，我們高麗是個小國，總是受到鄰近大國的欺凌，本來的國策是親宋抗遼，十六年前就與遼國大戰過一場，那時我還小，但仍記得契丹兵的兇狠。後來幾經談判，維持了表面上的和平。大遼現在的皇帝名叫耶律隆緒，不管事兒，國政都由太后蕭綽掌理，她是個很厲害的女人……」

「我看她一定沒有妳這麼厲害！」文載道傻笑。

梳雲笑吟吟的把他的臉頰捏成各種形狀：「我看你是找打！」

燒焦的國度

旭陽來到太白山巔。

他唸動咒語，沒多久，就飛來了一隻超級巨大的大烏鴉，馱起太陽鏡，飛上天空。

太陽鏡反射陽光，正像天上懸掛著兩顆太陽。

高麗國的農民們都駭異的抬頭看天，兩顆太陽射下的烈燄把農作物都烤焦了。

高麗首都「開城」的街道上百姓群聚，也都驚惶失措的議論紛紛。

就在這時，莫奈何、梅如是駕駛的「野鷹一九七」飛車掠過天空。

「果然眞有太陽使者這種怪物？」

飛車降落在開城城郊，莫奈何揹起大葫蘆，手裡擎著上寫「雙眼覷破生死關，隻手扭開天地門」的招幌，笑道：「又要重操舊業了。」

梅如是出門在外，照例改成男子裝扮，與莫奈何一起進了城，走上大街。

莫奈何開聲唱道：「面相、摸骨、測字，樣樣精通；命運、財運、官運，一說就中！來，大叔，算個命吧？大哥？大嬸？」

滿街百姓都不理他。

原來，雖然滿街都是漢字，語言卻不通，他說的話沒人聽得懂。

櫻桃妖在葫蘆裡發話道：「需不需要翻譯啊？」

「妳會高麗語？」

「妖怪有什麼不會的？」

櫻桃妖有三種化身：美少女、妖嬈少婦與粗壯大娘。現在因見高麗婦女高頭大馬的居多，便鑽出葫蘆，化作了大娘造型，把莫奈何的宣傳詞句翻譯成高麗語宣唱著，居然吸引了一些人過來算命。

莫奈何相一個、說一聲：「唉，你活不過十天囉！」

弄得大家垂頭喪氣。

眾人繼續前行，一名身穿官服的中年男子正站在路口的一個高臺上，大聲宣稱：「主上無道，上天降災，如果我們再不想辦法祈福消災，上天會降下更嚴厲的懲罰！」

百姓亂鬨鬨的問道：「要如何祈福呢？」

那官兒舉臂大叫：「最簡單的方法就是叫宮中的昏君禪位！」

櫻桃妖拉住一個百姓問道：「他是誰啊？」

「『右僕射兼三司使』金致陽。」

「就是那個奸臣，看我去拆他的臺！」櫻桃妖扭動水缸一樣的屁股擠開人群，衝到臺下，大聲叫道：「金大哥，要不要我們替你算算命啊？」

莫奈何一陣胡亂掐指，還沒開口說話，剛才被他算過命的人都一起嚷嚷：「你活不過十天囉！」

金致陽見他們居然敢來鬧場，正想吩咐隨行的家將把他們剁成肉醬，櫻桃妖大腳一掃，那高臺便傾了半邊，金致陽立時滾落臺下，摔了個四腳朝天。

金致陽氣得七竅冒煙，躺在地下大叫：「哪裡來的蠻夷野人，給我拿下！」

金府家將潮湧而上。

櫻桃妖笑道：「老娘東南西北都打遍了，就是還沒打到這裡來，今日可讓我嘗嘗鮮！」掄起罈大拳頭，敲釘子一樣，把當先的七、八名家將全都敲到了地裡去。

其餘家將亮出兵刃，胡揮亂砍的攻上。

紅光一閃，那些刀啊槍啊的，全都斷成了兩截。

卻是梅如是手中的梅紅寶劍！

不說家將們傻了眼，連櫻桃妖都嚇得跳出幾十步，抗議道：「妳別亂來好不好？差點把我的精魄都攪碎了！」

梅如是也沒想到自己新鑄成的寶劍竟有這麼大的威力，把自己也嚇呆了。

街上自然一陣大亂。

莫奈何等人已鬧夠了，正想乘亂出城，幾名內侍匆匆趕到，行了個大禮：「大王有請各位入宮。」

好厲害的天師

有史以來，朝鮮半島就紛爭不斷，歷經了兩次三國時期，一直到七十三年前，才由王建完成統一大業，號稱「高麗王朝」。

六傳至王誦，今年二十九歲，他受制於權臣金致陽已不止一日，正沒個計較，不料現在天上又冒出了兩顆太陽，攪得他焦頭爛額，群臣也都束手無策。

這日他正在宮內焦急踱步，聽說有三個中土來的人把金致陽打了一頓，便命令內侍快快請入這三位奇人。

莫奈何等人來到王宮，見禮已畢。

王誦見這莫奈何雖然長得熬頭呆腦、貌不驚人，但已聽說他身邊的隨從神勇難當，一個拳如猛雷，一個劍若閃電，心中自然生出禮敬之意，小心翼翼的問道：「敢問天師上人，予的命運如何？」

莫奈何連手指都不掐了，隨口便答：「烤得焦焦的，死無葬身之處。」

櫻桃妖心想：「這渾頭可眞是烏鴉嘴！」立將他的話翻譯成：「陛下萬壽無疆。」

王誦一聽，大爲高興：「再請問，予下一步該如何？」

櫻桃妖向莫奈何道：「你不用管他問什麼，只要掐掐手指，然後亂數一些數兒，就可以了。」

莫奈何依言說道：「一二三四五六七八。」

櫻桃妖即對王誦道：「先殺了金致陽再說。」

一句話正中王誦心坎。「這道士眞乃神人也！」嘴上又問：「天上出現了兩個太陽，怎處？」

莫奈何道：「八七六五四三二一。」

櫻桃妖隨口亂答：「上人自有『射陽兵團』。」

她的回答都是八個字，恰正符合莫奈何的嘴型，使得王誦深信不疑。

「天師竟已準備好了伏魔大軍？」王誦佩服得五體投地。「要在哪裡伏魔呢？」

莫奈何道：「四三二一八七五六。」

櫻桃妖道：「這就要反問陛下了。」暗暗踩了莫奈何一腳，莫奈何馬上又道：

「三三八八六四五二。」

櫻桃妖接道：「何處適合妖人做法？」

王誦想了想：「妖陽似乎是從北方的太白山上昇起來的。」

「好咧，咱們這就去走一趟。」

莫奈何等人得了一堆賞賜，離去後，王誦猶對內侍嘆道：「中土來的天師法力如此高強，我們高麗怎麼就出不了這麼厲害的道士呢？」又嘆：「天師身邊的那個通事譯官大娘，體壯如牛，心細如髮，比本朝最能幹的大臣還要幹練幾分呢！」

飛入敵營

「野鷹一九七」瞬間飛至太白山頂，正見一隻巨大怪鳥馱著一個太陽鏡在天空中來回盤旋。

莫奈何道：「櫻桃，妳能把牠打下來嗎？」

「那是火鳥！」櫻桃妖白了他一眼。「你又不是不知道我怕火？」

低頭又見一個身穿黃衣的怪人坐在山頂上唸咒。

「那就是太陽使者？」梅如是道。「妳能擊敗他嗎？」

櫻桃妖打了個寒噤：「太陽使者是介於神和妖之間的某種東西，比我厲害多了！」

旭陽見天空上橫過一個怪東西，臉色一沉，把手一揮，那火鳥便馱著太陽鏡俯衝而來。鳥還未到，一股強烈的光燄已烤得眾人有如蒸籠裡的饅頭，不停的發脹。

櫻桃妖大叫：「我這果子快要被烤爆了，快跑！」

莫奈何啓動飛車渦輪，加速逃離現場，一邊發愁道：「光憑我們三個人，怎樣才能阻止俞燄至的陰謀？」

梅如是想了想：「一是回洛陽去請邢進財大掌櫃召集刑天的子孫。」

莫奈何唉道：「邢大掌櫃因爲龔美之死，正在整頓進財大酒樓的財務，他才沒空管這件事哩。」

櫻桃妖笑道：「他的本性還是視財如命，改不了的。」

梅如是續道：「第二就是，找到劍神呂宗布，告訴他被騙了，勸他反正！」

「可我們又不認識呂宗布，他會相信我們的話嗎？」

「這就要靠項宗羽大哥了。」梅如是嘆了口氣。「但他又不知跑到哪裡去了。」

又飛一程，來到一處大草原，俯瞰地面，雖有幾座建築宏偉的宮室屋宇，其餘則都是帳棚，大片大片裝飾華麗的布幕如同織錦般的鋪在大地上。

「這裡已經是大遼國境。」自幼博覽群書、留意時事的梅如是做出判斷。「下面這一大片，有可能是『東京』遼陽府。」

莫奈何這方面的常識幾乎等於零，只能瞪眼發楞而已。

梅如是道：「大遼乃是契丹族於九十三年前創建的國家，開國君主名叫耶律阿保機，從五代十國時期開始強盛，一統北方；中原的『後晉』石敬瑭拜遼帝爲父，跟他們借兵滅了『後唐』，雙手奉上『燕雲十六州』作爲酬庸。我『大宋』建立後與他們幾番激戰，勝負互見，至今仍是我大宋最大的敵人！」

「既然如此，我們就別在這裡降落了。」

一個聲音在車廂底部抗議道：「我才不管什麼敵人不敵人，我只知道我快要餓死了，難道你們都不用吃東西的嗎？」

原來是那黑頭白身的貓妖睡醒了，按照懶貓族的習慣，飽了便要睡，醒了便要吃。

聽他這麼一說，眾人倒也覺得饑腸轆轆，剛才在高麗王宮匆忙來去，雖得了一堆金銀財寶，卻未曾進餐。

「好吧。」莫奈何顯現出難得的將才。「耗費敵人的糧食也是一種戰略。」

小氣的遼兵

飛車藏進了草堆，眾人徒步前往帳棚聚集處。

「大遼不是很強盛嗎？怎麼連棟房子都沒有，還住在帳棚裡？」莫奈何不解。

梅如是道：「大遼尚有遊牧民族遺風，實行『捺鉢制度』，所謂捺鉢即是行在所、行宮之意，也就是說皇帝並不固定住在同一個地方，而是跟從前一樣，隨處駐蹕，群臣也都跟著巡行。」

「人家住帳棚多舒服，哪像你們這些蠢蛋喜歡住在屋子裡，就跟住在墳墓裡差不多。」貓妖一針見血。

貓是隨處可睡的動物，當然比較喜歡那樣的生活。

梅如是續道：「大體來說，大遼有春夏秋冬四捺鉢，遼陽府爲夏天避暑之地，爲夏捺鉢。」

莫奈何嚇一跳：「所以大遼皇帝正在這裡？」

「不無可能。」

正說間，一小隊遼國騎兵迎面而來。

「糟了！」莫奈何暗中戒備。「又要打架了！」

梅如是笑道：「別緊張，大遼境內各種民族都有，朝廷也視各民族的風俗不同而分開治理，全不干犯，所以我們穿著中原服式不足爲奇。」

那隊遼兵來到面前，喝問：「有沒有見到一個年輕女子？」

櫻桃妖什麼話都會講，用契丹語回答道：「年輕的沒有，上了年紀的倒有我一個。」一面搔首弄姿。

遼兵都止不住發笑：「大娘想我們啊？我們可沒興趣。」縱騎絕塵離去。

貓妖笑道：「莫非妳想騙他們的元陽來滋補一下？」

櫻桃妖呸了一口：「蠻子恁地小氣！」

莫奈何放鬆心情，尿意便湧了上來，走到路邊草叢裡去撒尿。

只聽得草叢裡一個女子嚷嚷：「你這個人怎麼搞的，隨地亂尿，尿了我一身！」聲音雖然嬌脆，音量可大得嚇人。

梅如是、櫻桃妖都不禁一楞：「這聲音好熟啊？」

接著就見那女子由草叢中跳出，竟是夏國公主趙百合！

公主逃婚

今年三月間莫奈何等人於赴崑崙山除妖途中，曾經路過夏國，趙百合以她獨到的眼光看上了當時還是一具「行屍」的顧寒袖，想要招他爲駙馬，弄得莫奈何等人狼狽而逃。幸虧這樁婚事未能成功，要不然她早就被顧寒袖給吃了。不料今日竟在此處重逢。

「梅太傅？」趙百合興奮的抓住男裝的梅如是。「顧太傅呢？」

莫奈何暗自好笑：「她竟還未對顧寒袖忘情。」

梅如是問道：「妳怎麼會來這裡？剛才那隊遼兵是在找妳嗎？」

趙百合把嘴噘得老高：「我哥說什麼要跟大遼和親，硬把我嫁給了大遼皇帝。」

莫奈何道：「這有什麼不好？妳別太挑剔了。」

趙百合拉起大嗓門直嚷：「那個耶律隆緒已經三十九歲了，根本是個老頭兒，而且他娶我又不是當皇后，只是個嬪妃，我才不當小老婆呢！」

「所以妳就要逃婚？」莫奈何、梅如是啼笑皆非。「妳也太任性了！大遼國境如此廣闊，妳怎麼逃得掉？」

趙百合哭了起來，嗓門就更大了：「我知道我逃不出去，但我寧死也不願意嫁給那種東西！」

莫奈何笑道：「妳別傷心。按照常理來說，妳一輩子都別想逃出遼國，但妳遇見了我們，可就另當別論了。」

趙百合喜得抱住莫奈何：「小莫國師，我就知道你最有辦法了！」

莫奈何得意洋洋：「妳哥哥封我當國師，我當然要幫夏國的忙。走，回去坐飛車，只要半天就回我們大宋了。」

趙百合更是興奮：「耶！去大宋，我最喜歡啦！」

貓妖抗議道：「我們不是要找吃的嗎？」

趙百合差點暈倒：「這貓怎麼會說話？」不過回想起莫奈何這群人的諸多怪異行徑，也就見怪不怪，打開自己隨身攜帶的包袱。「這裡有許多乾糧，是我準備逃亡時吃的。」

大家邊吃邊往回走，走不多久，卻見剛才那隊遼兵停在前面，正跟一個駕著華麗馬車的年輕女子爭執不休。

那女子潑辣已極，把那些遼兵罵了個狗血噴頭。一名遼兵受不了，一拳打過去，那女子左手一揚，一道寒光射出，那遼兵登即血流滿面，眼睛已瞎了一隻。

梅如是「唉」了一聲道：「那不是梳雲姑娘嗎？」一句話還沒說完，就見梳雲手指腳畫，又七、八件暗器射出，把遼兵射倒了五個。剩下的遼兵齊發一聲喊，策馬逸去。

趙百合拍手笑道：「好厲害的姑娘！」

梳雲轉眼見到莫奈何等人，也是意外萬分：「你們怎麼會在這裡？」向馬車中大喊：「文大俠，你的好朋友來啦！」

莫奈何、梅如是微微一怔，心忖：「文大俠是誰啊？」

滿臉傻笑的文載道從車廂中走出：「梅妹、小莫道長，別來無恙？」

梅如是又一楞：「文大哥？」

幾人見了面，自是一陣閒聊瞎扯，每個人都搶著說話、都有說不完的事，卻把櫻桃妖這個沒人認識的大娘化身冷落在一旁。

櫻桃妖眼見梅如是、梳雲、趙百合這三個美女湊在一起，爭奇鬥豔，好不讓人眼花，心裡直後悔剛才竟沒挑選美少女的化身，現在也可跟她們較量一下。

眾人閒話未畢，已見後方煙塵大起，大隊遼兵殺了過來。

莫奈何大叫：「櫻桃，禦敵！」

櫻桃妖暗罵：「打架的時候就想到我了，非讓你們吃點苦頭不可！」來了個雙手插腰，相應不理。

梳雲想發暗器，但這回遼兵隊伍中有大量弓兵，強弱懸殊，她只得放棄抵抗的念頭。

遼兵把他們全都抓了。貓妖把腰一弓，正想鑽入草叢，被櫻桃妖一把抱在懷裡：「小乖貓，吃飽了就想溜？門都沒有！」

收稅收到地下去了

劍神呂宗布策馬進入大遼國境，本還一路順暢，這日來到一處抽稅關卡，領關遼將名叫耶律阿里哥，生性貪鄙，一眼就看上了他的紅色大弓。

后羿神弓既大且長，想藏都沒法藏，呂宗布只能斜揹在背上，惹眼得很。

耶律阿里哥斜著眼睛踅到他面前，因見他穿著中原服裝，便用蹩腳的宋語說：「繳稅！」

呂宗布從懷裡掏出幾錠碎銀，足可繳十處關稅了。

那耶律阿里哥直搖頭：「不夠，不夠。」

呂宗布氣往上沖：「你想訛詐？」

「訛詐你又怎地？」耶律阿里哥指著他背上大弓。「我要這個！」

呂宗布一拳就搗上了他的臉，讓他做了個翻肚烏龜，半晌起不得身。

關上的二十多名遼兵揮舞兵刃，喝叫著奔來，呂宗布太阿神劍出手，恰如一具剪草機，只一劍，把他們的頭盔頂端都剪破了一個洞。

遼兵們全都嚇呆了。

呂宗布躍上馬背，悠然前行。

行出數里，聽得背後馬蹄雷動，那耶律阿里哥仍不死心，率領一隊弓兵追了過來。

呂宗布駐馬回身，耶律阿里哥還遠在射程之外。

呂宗布取下后羿神弓，搭上一隻白羽神箭，一箭射出。

那隊遼兵但只看見一道渾如從天上降落的強光，倏忽閃爍，耶律阿里哥便像一具風箏，從馬背上筆直飛出了幾十丈遠，落地後，猶被那箭牢牢的釘在地面上。

弓兵們足足楞了半刻鐘，方才回神，撥馬便跑。

呂宗布喝道：「統統給我站住！」

誰還敢再動半步？全都跟木頭人一樣的定住了。

呂宗布緩緩來到他們面前：「去把箭給我拿回來。」

一名遼兵趕緊去拔，但那箭穿透耶律阿里哥的胸膛，有三分之二已射進了地下，竟拔之不動。

再多一名遼兵，還是拔不動；最後是整隊遼兵用短刀把耶律阿里哥的屍體割碎了，再將附近的地面挖出一個大洞，才將那箭拔了起來。

一個較通宋語的遼兵哈腰諂媚：「大俠要去哪裡？」

「我問你，這些日子天上可有出現異象？」

「嗨呀，大俠眞是神人，聽說有一個地方出現了兩顆太陽！那兩顆太陽一曬，唉喲喂呀，什麼東西都燒焦了，一口口水剛吐出嘴，就化成了煙。」

呂宗布忙問：「你說的地方是在哪裡？爲什麼這邊看不見？」

那遼兵往東北一指：「只要登上太白山，往高麗那邊看，就能看見囉。」

呂宗布心忖：「現在太陽才昇起一顆，還沒到我出手的時候，可不急著趕路了。」面上笑道：「你們關上可有美酒？我倒想喝上兩杯。」

天字七十八號

俞啖至又在喝著極品碧尖茶。

飛車小子任天翔站在他面前直發抖。

「所以說，莫奈何騙走了你的飛車，不回來了？」

「他，太可惡了！」

俞firstname至笑了笑：「算了，那個渾頭小子能有什麼作爲？只可惜他竟帶走了梅如是那個大美人和她新鑄的劍！」

任天翔走了之後，俞獎至吩咐僕從：「請天字七十八號賓客前來一敘。」

「天」字號賓客自是一等一的，這個七十八號長得一張機靈無比的笑臉，諢號「芝麻李」，他其實是一隻浣熊妖，一個多月前，燕行空、項宗羽等人在崑崙山勦滅群妖一役中，把他斷去左臂，但總算僥倖逃得了性命。

「公子有何指示？」芝麻李態度恭謹，只不知肚子裡有多少壞水。

俞獎至道：「我已派出呂宗布去奪取高麗政權，現在，該派你去奪大遼國的權了！」

芝麻李心中暗驚。「這麼重大的任務，吃力不討好，我幹嘛要做這種事？」嘴上說道：「公子何必這麼費事，讓太陽鏡把全天下都烤焦，不就結了嗎？」

「你只知其一，不知其二。九面太陽鏡的威力範圍有限，遼國疆域太大，皇帝又居無定所，所以太陽鏡對於他們不會有什麼作用。」俞獎至的笑容雖然跟茶水一樣清淡，其中隱藏的獰厲之意可令人不寒而慄。「不將此策用在大宋，是因爲我的天下第一莊在洛陽，離首都開封不過兩百里遠近，我若烤焦了開封，我這美好的莊園豈不跟著遭殃？」

「原來如此，公子神算在胸，在下萬萬難及。」芝麻李苦著臉道。「但我才疏學淺，恐難荷此重任，還望公子示下。」

「遼國太后名叫蕭綽，今年五十七歲，大限將至，身體狀況已經很差。她的身邊有個人名叫韓德讓……」

「是個大大的奸臣？」

「不，是個大大的忠臣。」俞啖至喝了口茶。「等蕭太后死掉之後，這韓德讓勢必會成爲顧命輔政大臣。」

芝麻李有點懂了，笑得既可愛又諂媚：「公子明察秋毫，竟還知道在下的長處。在下曉得怎麼做了。」

「我給你幾帖神行符，讓你這笨妖怪也能日行千里，來去自如。」

好熱鬧的監獄

卻說莫奈何等六個人、一隻貓進了牢房，仍然鬧聊不休。

梳雲得知呂宗布乃是被俞啖至的奸計所騙，雖然稍解心頭憤恨，仍不肯原諒他言而無信、棄己而去的行爲，尤其她才對他吐露愛意，他竟要放任金致陽謀害自己的哥哥、毀滅自己的家庭。

「若再遇見他，我一定殺了他！」

莫奈何、梅如是此時方知梳雲其實是高麗國的公主。

莫奈何笑道：「這牢裡竟關了兩個公主，契丹人眞沒眼光！」

「公主不値錢，他們把梅夫子關起來才眞是傷天害理！」趙百合滿懷孺慕之情。「如今被關在牢裡正好，我可以天天向梅太傅請教學問！」

梳雲怪道：「人家明明是個美姑娘，妳怎麼盡叫她夫子、太傅？」

趙百合楞住了。

原來三月間，梅如是以男子的裝扮進入夏國，跟顧寒袖一起被尊爲「太傅」，所以直到現在趙百合仍搞不清楚梅如是的性別與身分。

梅如是歉然道：「說起學問，我比這位文大才子差多了。」

趙百合喜極大嚷：「眞的啊！」想想不對，忙低垂下頭，降低音量：「以後還望文夫子多多教誨。」

在她的觀念裡，中原姑娘就是要細聲細氣、嬌嬌滴滴的，才能夠算是知書達禮的大家閨秀，但她天生一副大嗓門，時不時就令她原形畢露。

莫奈何笑道：「這位文夫子啊，從前是個大才子沒錯，可惜後來腦袋壞掉了。」

梳雲忙道：「他的腦袋已經修好啦，比從前還管用呢！」

眾人親親熱熱、嘮嘮叨叨的正說個沒完，忽見眾獄卒全都俯伏在地，請進了一位身著華服的老者，一邊大聲宣唱：「大丞相、晉王殿下親訪人犯趙百合！」

莫奈何等人尋思：「這人好大的派頭，又是丞相又是王，定是來勸趙百合回心轉意的。」

遼國派出這麼尊貴的人物來遊說趙百合，可見還是很重視這樁與夏國的和親之舉。

老者走到趙百合面前，以單手撫胸行了一禮：「公主殿下，老臣韓德讓。」

梳雲搶道：「你就別開口了，人家不想嫁！」

趙百合拍手道：「快人快語，都幫我說完了！」

韓德讓咳了一聲道：「兩國聯姻乃是極爲莊嚴隆重的大事，殿下怎能視同兒戲？」

趙百合拉開大嗓門嚷嚷：「反正我不嫁遼國人！」

她從小受到父親李繼遷的調教，仰慕中原文化，發誓非嫁中原郎不可，連自己本族的漢子都看不順眼，當然更不會喜歡遼國之人。

韓德讓的態度還算和藹，誠誠懇懇的說：「早已聽說殿下喜嫁中原郎，老臣覺得此乃大謬之念！」

趙百合瞪眼道：「我瞧你也是個中原人，講這什麼話？」

韓德讓道：「老臣祖籍確在中原，但我並不覺得中原有什麼好。妳看看，大遼的疆域比大宋大好幾倍，軍力比大宋強好幾倍，人才比大宋多好幾倍。」

「這有什麼用？」趙百合截下話頭。「我聽說，開封的夜市什麼都好吃，神臂弓射得比什麼都遠，大宋的畫家什麼都能畫，詞人、樂師更是天下一等，這些遼國有嗎？」

韓德讓皮笑肉不笑：「原來姑娘胸無大志，只會貪圖逸樂？」

「我要懷什麼大志？我只想嫁個宋家郎，當個大老婆，才不當遼國皇帝的小老婆！」

梳雲又搶道：「對對對，就是要當大的，不當小的！」

趙百合隨便一指莫奈何：「我就是要嫁給小莫國師！」

莫奈何嚇一跳，連忙指著文載道：「嫁給大才子比較合妳胃口吧？」

眾人又嬉鬧起來，把韓德讓晾在一旁，恰似一根多餘的晾衣竿。

你在洗什麼？

韓德讓弄了一肚子氣，回到自己的宮帳。

他隸屬於「橫帳季父房」，所謂「橫帳」乃是指宗室之中最顯貴的人，以一個外姓的中原人而能入橫帳、位列親王之上，在大遼歷史上只此一人，別無分號。

他才一進帳，就看見一隻浣熊把他的印璽、皮帽、皮靴、腰帶等衣物，統統都丟在一個盛滿了水的木桶裡搓洗著。

這浣熊只有一隻右手，仍靈活勤快得很，把好好的東西全都洗壞了。

「可惡的畜生！」

韓德讓拔出隨身腰刀便砍，不料那浣熊一伸手就把刀搶下，也放到木桶裡去搓洗，一邊直勾勾的瞪著他：「韓德讓，你想殺我，敢情是活膩啦？」

韓德讓驚呆了：「這畜生怎會說人話？」

那浣熊把東西洗夠了，直起身來，牽起他的手，讓他坐在凳子上：「我們來聊聊你的生平。」

「聊我？」韓德讓呆呆的道。「幹嘛？」

浣熊笑得很可愛：「因爲我要冒充你，當然要知道你所有的一切。」

說起這假冒的功夫，臉長得一樣還是最簡單的，嗓音、舉止，對於往事的記憶等等，才是最重要的關鍵所在。

韓德讓此時已確定這個東西是個妖怪，冷笑道：「老夫怎會讓你得逞？」

浣熊妖芝麻李取出一顆藥丸：「我這藥有個名堂，叫作『不實痛心丹』。」捏開韓德讓的下巴，塞了進去。「從現在開始，我問一句，你答一句，你若有半字不實，就會心痛到死爲止！」

太后的貓

十幾隻貓圍繞在一個雍容華貴的婦人身邊撒嬌，她雖然不停的咳嗽，仍忙著給貓兒餵食、梳毛、剪指甲，不知情的人還以爲她是個至死方休的典型貓奴，卻不知她竟是遼國太后蕭綽！

她乃前任皇帝「遼景宗」耶律賢的皇后，耶律賢體弱多病，許多軍國大事便委由她代理。耶律賢病逝後，她的大兒子耶律隆緒繼位，才只有十二歲，因此她便以皇太后的身分繼續掌攝國政。

這女人能幹得不得了，把大遼治理得好生興旺，直到如今，耶律隆緒都已經三十九歲了，大權仍在她手裡。

扮成了韓德讓的芝麻李以老成持重的步伐緩緩進入大帳，居然一屁股就坐到了她身邊，抓起她的手道：「燕燕，妳要多休息一下，這些小事就交給奴婢們去做吧。」

蕭綽小字燕燕，芝麻李敢直呼她的小名，原來他已探聽得實，韓德讓竟是太后的情夫。

蕭綽幼時便曾與韓德讓訂親，但後來卻嫁給了皇帝；而後她三十歲成爲寡婦，便履行幼時的約定嫁給了兒時情人，就契丹的風俗而言，此舉並不爲怪，甚至皇帝耶律隆緒都把他當成父親一般對待。

「你剛才去勸那夏國公主，她怎麼說？」

「唉，那個蠻女，竟視我天朝如無物，應該給她點教訓！」

「她漂不漂亮？」蕭綽十分好奇。

「漂亮是漂亮，但嗓門大得嚇人，隆緒若真娶了她，耳朵可要受苦受難了。」芝麻李假裝愛憐的捧起她的臉龐。「再說，她再漂亮，又怎會及得上我的燕燕十分之一？」

蕭綽虛弱的笑了起來：「讓讓，你總是能令我開心。」

芝麻李心忖：「這個老娘兒們年輕時一定很美，可惜沒在那時認識她，否則就……嘿嘿！」繼而又動著歪念：「我得想個絕對不令人起疑的方法把她弄死，等耶律隆緒繼位後，我這太上皇就能手掌大權了。」

芝麻李懷著壞心眼，一面敷衍蕭綽，一面東瞅西瞄。

蕭綽身邊的那群貓活似嗅著了妖怪氣味，有的躲、有的藏、有的弓起背來朝著芝麻李發出威嚇的嘶鳴，做勢欲撲。

蕭綽朝貓兒們道：「你們是怎麼啦？連讓讓都不認識啦？」

芝麻李笑道：「我剛剛烤了一隻大田鼠，牠們大概是嗅著老鼠的味道了。」心裡暗罵：「雜毛畜生竟敢洩老子的底，看我怎樣扒你們的皮！」因此有了主意。

晚間回帳，把韓德讓從大床底下提了出來。

因為芝麻李還有許多不知道的事情、回答不出來的問題，在在都需要韓德讓的幫忙，所以並沒有急著殺他，只用迷魂法把他迷住，藏在床下。

芝麻李收回法力，讓他清醒過來，問道：「蕭綽有多愛貓？」

「簡直視若己出，每隻貓都是她的孩子。」

「好咧，你眞乖！」

芝麻李照樣把他迷了，塞入床底，轉身出了帳棚，祭起神行符，隱沒在夜色之中。

天下第一城

大宋首都開封是當今世界上人口最多、面積最大、商業最發達、文明最昌盛的城市，稱之爲「天下第一城」一點都不爲過。

夜雖已深，大街小巷猶然燈火通明，勾欄夜市照舊遊人如織。

芝麻李哪兒都不去，一頭就鑽進了「大發賭坊」。

場子裡頭各式賭桌幾十張，全都圍滿了賭客，呼盧喝雉、叫五喚六，喧囂得不得了。怪的是，每張賭桌的上方都懸浮著一個小妖怪，看誰扎眼就讓誰輸，隨著自己今天的心情搗亂做怪。

所以各位看倌且住，聽眞了，每張賭桌上都有一個鬼，您若沒有與妖鬼溝通的本領，就別坐上去，否則徒然輸得脫褲子而已。

卻說芝麻李一進賭場，那些小妖全都飄了過來。

「老大，也來做耍？今天想贏多少，只管告訴我們。」

「贏錢？」芝麻李罵道。「我是這麼膚淺的人嗎？」

「當然不是！老大怎麼會是這種人？」小妖怪互相亂打亂罵了一回。「那，老大想幹什麼？」

「我問你們，『積金窟』在哪裡？」

一個小妖道：「積金窟？那兒已經變成鬼屋啦！」

另一個道：「聽說洛陽有個姓邢的大財主已把那兒買下，準備要開進財大酒樓的開封分店呢。」

芝麻李不耐道：「你們別說那麼多，快找個人帶我去！」

牌九妖自告奮勇：「我今天已經玩夠了，我帶老大去！」

兩人出了賭坊，向城東走去。

牌九妖喋喋不休的誇著口：「剛才有一個在妓院幫妓女端熱水的『大茶壺』，我看他特別順眼，讓他一連抓了十二把『豹子』，一共贏了十萬多錢，夠他自己開間妓院了！不過，明天他若再來，我會讓他連本帶利的輸光光，我最喜歡看人類臉上那種從天上掉到地下的表情！」

芝麻李皺眉道：「你們這群小妖成天如此這般的混日子，能有什麼出息？總要爲自己的將來打算一下嘛！」

發表著如此勵志的話語，讓小妖覺得光明坦途正在眼前。

「老大一定正在做一番大事業！」

「當然！你們要記住，想害人就一定要害最大的！」芝麻李教訓道。「這才叫作胸懷大志！」

不多久，兩人來到一座廢棄的大宅院前。

「這裡就是積金窟囉。」

這處產業在唐朝末年本是由一崔氏家族所擁有。唐朝滅亡後，進入五代十國大混亂時期，於是當時的富豪都養成了一種習慣，就是在家中庭院或房子底下挖一個大坑，再將金、銀融了，分別倒在大坑裡，使其凝結成一巨塊，亂兵、盜匪即使發現了，也無法搬走。

後來迭經動亂，崔氏老一輩的沒有交代清楚，小一輩的竟不知家中有鉅額藏銀，以低價將整棟宅子賣給了一家姓周的。

大宋建立，周氏重修宅院，發現地下竟有一大塊銀子，重逾五百萬兩，當然喜出望外，「積金窟」之名不脛而走。

但說也奇怪，自從周家把那塊銀子挖出之後，家道就一落千丈，病的病、死的死、瘋的瘋，還傳說宅中鬧鬼。

到如今，周氏族人一個不剩，宅院荒廢，當年藏銀子的大坑中竟連雜草都長不出來，只是一個大泥巴坑，春夏積水，發出陣陣渾濁腐臭的氣味，蚊蠅叢生、毒虫聚匯。

當年的「積金窟」已淪爲細菌病毒的滋生之地。

芝麻李遣走了牌九妖，隻身進入大宅，正往污水坑走去之時，忽聽廢屋內一個人悄聲道：「師尊，是你嗎？」

芝麻李楞了一下：「什麼人會叫我師尊？」

但見一條人影迅快絕倫的從一棵大樹上躍下，進入廢屋。

芝麻李心忖：「這兩人鬼鬼祟祟的，一定有什麼好事！」

將身挨近廢屋，偷偷向內一瞧，剛才出聲的是一個黑面漢子，左臉頰上生著一顆大黑痣，還長著幾根長毛；從樹上躍下、輕功絕佳的則是一個瘦小的老頭兒。

老頭兒道：「伍璧，你又闖了什麼禍？」

原來這漢子竟是那日刺殺龔美的「黑面狻猊」伍璧。

伍璧道：「俞公子派我去洛陽殺了一個人，現在官府追捕得緊！」

芝麻李心想：「原來他也是替俞燄至辦事的。」

老頭兒冷笑道：「官府能把我們怎麼樣？咱們崆峒派幾時怕過六扇門裡的鷹犬了？」

伍壁慌道：「但是師尊……聽說追捕我的那個捕頭非常厲害！」

老頭兒唉道：「你也太沒用了，區區一個捕頭就把你嚇成這樣，如果他現在就在這兒，看我踢他的屁股！」

話聲甫落，就聽角落中一個人懶洋洋的道：「什麼人在那兒聒噪，擾人清夢？」

那老頭兒一驚，鬼影子也似的掠了過去：「是誰躲在這裡裝鬼？」

角落裡的茅草堆上躺著一男二女，全都赤裸身體，顯然剛剛才辦完好事。

見那老頭兒衝過來，兩個女子尖叫著抓起衣物掩蓋重要部位，但那年輕男子一點都不知羞恥，雙手枕頭，袒露著全身，向那老者笑道：「我們在這兒成其好事，明明是你們跑來搞鬼，卻怪到咱們的頭上來。」

那兩個女子也嬌滴滴的抱怨道：「對嘛，好討厭哦！」

老頭兒被他們鬧得沒法，正想走開，那男子又道：「咦，你剛才不是說，要踢我的屁股嗎？怎麼就走了？」邊說還邊趴起身子，把光溜溜的屁股翹起來，在那老頭兒的面前晃來晃去。

老頭兒又是一驚：「你什麼意思？」

年輕男子笑道：「還聽不懂？我就是要抓你徒孫的那個捕頭！」

原來此人竟是洛陽總捕姜無際！

老頭兒冷笑連連的望向伍壁：「你還說他厲害，只不過是個死不要臉的色鬼！」

姜無際緩緩起身，穿好了衣服，悠悠道：「伍壁，走吧，跟我回洛陽去。」

伍壁嚇得面無人色，那老頭兒則橫到了姜無際面前：「小子，你可知老夫是誰？」

姜無際笑道：「你啊，就是崆峒派掌門人的師叔嘛，聽說你在江湖上消失了一段時間，幹什麼去啦？」

原來這老頭兒就是曾在夏侯寨裡找尋后羿神弓的「鬼影子」杜丹。

「既然知道老夫的名號，還不快夾著尾巴滾蛋？」

「這可不行，我要抓你的徒孫歸案。」

「你休想！」

「你不讓我抓？」

「不讓！」

「真的不讓？」

「少說廢話！」

姜無際又笑了起來：「你們崆峒派向以輕功見長，聽說你又是其中的佼佼者，我們就來個賭賽，我就這樣站著不動，如果你能抓到我，我就不抓他；如果你抓不到我，就得讓我抓他，這樣公平吧？」

杜丹簡直懷疑自己的耳朵壞掉了，這傢伙要站著不動讓自己抓？世上豈有這麼可笑之人！當下輕咳一聲道：「好了好了，別玩了，我們各走各的路。」

姜無際的笑容更可惡了：『難道你怕了？什麼『鬼影子』，根本就是個半吊子！」

杜丹心中的火不打一處冒上來，暗道：「我別再跟他窮磨菇了，速戰速決！」

二話不說，猱身直上，一把抓向姜無際肩頭。

姜無際果眞連動都不動，任何人想要抓住他，都是最容易不過的事情，但杜丹一把抓下去，竟抓了個空。

杜丹楞了一下，以爲自己只是偶然失手，立即身形一扭，反轉手腕，再一把抓向姜無際頂門。

「鬼影子」之名豈是浪得，他動作之快，舉世無匹。

哪知這一抓還是落了空！

杜丹後退兩步，儿自不願相信這是事實，再一次欺身進步，一拳直搗姜無際肚腹。

對方就站在面前不動，這一拳直進，不管怎麼樣都應該會打到對方才對。

但是不！

姜無際仍然沒動，這一拳仍然沒打著他。

杜丹汗毛倒豎，顫聲道：「難道……你是個鬼？」

眼未及眨，姜無際的臉已湊上了他的臉，朝他的鼻子裡噴了口熱氣：「鬼是熱的嗎？」

杜丹嚇得連連後退，一屁股坐倒在地。

「這場賭賽算我贏了吧？」

「你……贏了……」

姜無際牽起那兩個女子的手：「阿珠、阿花，我先送妳們回『春滿園』。」經過伍壁身邊時，連看都不看他一眼。「你給我乖乖的跟在後面，若想耍花樣，我也不怕，你自己掂量著吧。」

滿頭是汗的伍壁就像個聽話的三歲小娃兒，垂頭喪氣的亦步亦趨。

姜無際又朝芝麻李藏身的地方瞟了一眼，悠悠拋出一句：「我只管逮捕兇手歸案，其他的都沒我的事兒。」

芝麻李因為伍壁是替俞琰至辦事的人，一直都在猶豫要不要出手幫忙，然而見到姜無際跟杜丹交手的情形，簡直無法置信。「那捕頭既不是妖怪，也不是神，怎會有這種怪本領？連我都看不懂！」

現在一聽這話，就知道他是在警告自己，哪還敢輕舉妄動？驚呆半晌之後，才又想道：「那伍壁干我啥事？我還是辦我自己的正事要緊！」轉身快步離去。

廢宅中便只剩下兀自呆坐在地的杜丹，不停的喃喃：「那是什麼功夫？天下怎麼會有那種功夫？」

污水坑裡的世界

芝麻李來到原本是積金窟的污水坑前，瞅了瞅，便「咕咚」一聲跳了進去。

穿過重重又臭又黏又渾的泥巴漿，來到坑底，竟是另一番景象。

坑底側邊有個角度偏往上方的斜洞，污水居然淹不進去，洞中擺放著一些簡單的家具，幾個小人兒圍著一個火爐取暖，見到芝麻李進來，都露出詫異的表情。

「瞪什麼？不知道老爺是誰啊？」芝麻李把剛才不敢出手的窩囊氣全都發在他們頭上。「你們這些髒東西，老爺看著就火大，一個個給我報上名來！」

小人兒嚇得縮成一團。一個道：「我叫霍蘭。」

一個道：「我是揭合。」

「我叫厲極。」

「我叫蜀伊。」

芝麻李呸道：「霍亂、結核、痢疾、鼠疫，都是最髒的髒東西！」

原來這些小人兒都是細菌病毒。

芝麻李環顧四周：「毛溫在不在，叫他出來見我！」

角落裡發出一個細小的聲音：「大哥找我有什麼事？」緊接著就鑽出一個渾身長著綠毛的小傢伙。

「我要你跟我去遼國。」芝麻李笑道。「那兒有很多貓，正是你這貓瘟大展身手的舞台！」

我不活了！

蕭太后身邊的貓全都病倒了，拉稀下痢、高燒、嘔吐、脫水、厭食……

蕭綽整日垂淚：「如果救不了寶貝們，我也不活了！」

原本身體狀況就已經很差的她，依舊衣不解帶的照顧群貓，使得自己病得愈益嚴重。

芝麻李假裝好心的日夜陪在她身邊，皇帝耶律隆緒與皇后蕭菩薩哥也都寸步不離。

遼太祖耶律阿保機仰慕漢高帝劉邦，所以耶律氏也稱爲劉氏，並將他的母親、祖母、曾祖母、高祖母的姓氏拔里氏、乙室氏比擬爲漢初三傑的蕭何，賜姓蕭氏，之後的歷代皇后也全都姓蕭，成爲遼國的第二大姓。

這蕭菩薩哥年方二十六，靈心慧手，喜歡使用草莖做成各種宮殿的模型，再交給工程單位依樣建造，大遼上京「臨潢府」就有三座大殿是出於她的設計。

這日，蕭綽覺得自己實在不行了，把兒子與情人叫到床前：「我壽命已盡，以後就要靠你們了。」

一手抓住兒子：「我早就該歸政於你，卻一直拖到現在，你不怪我吧？」又一手抓住芝痲李。「隆運，輔佐隆緒的大任就交給你了。」

三年前，蕭太后賜韓德讓名爲耶律隆運，成爲他正式的名字。

芝痲李表面上哭哭啼啼，其實暗自心喜，即將要達成俞餤至交付的任務了。

皇帝、皇后號啕未已，三十九歲的耶律隆緒下出今生第一道命令：「能夠救活貓兒的人，封王拜相！」

獄中奇緣

被關在牢裡的莫奈何等人各有不同的心情。

梅如是、莫奈何既無奈又無聊；梳雲既苦惱又焦躁；櫻桃妖、貓妖大可以來去自如，故意留在那兒欣賞他們的苦相；只樂了文載道與趙百合兩人。

趙百合最仰慕有學問的中原夫子，背誦全部四書只需三十六秒鐘的文載道簡直讓她驚爲天人，整天纏著文載道，要他講課；文載道自從腦袋修好了以後，趙百合是他第一個學生，當然傾囊相授。

文載道說得口沫横飛，趙百合聽得心頭冒泡，兩人之間的情愫有若癩蝦蟆吹汽球，一邊膨、一邊脹。

這日聽得獄卒議論紛紛，正不知何事，性喜探聽的櫻桃妖已來回報：「外頭鬧貓瘟，大遼皇帝已下令要大大封賞能夠救貓的人。」

貓妖一聽貓瘟，嚇得鑽入稻草堆裡。

莫奈何向櫻桃妖道：「妳若能對付那種病毒，我們就可以出獄了。」

櫻桃妖猛搖頭：「我道行不夠，也不想去碰那種噁心的小東西！」

莫奈何猛搔頭：「這要怎麼辦？」

梅如是淡淡一笑：「難道你忘了黎翠？」

眞是一語提醒夢中人！

三月間，他們趕赴崑崙山除妖，路過一處叫作「百惡谷」的煙瘴之地，裡面住著一百個惡人，後來才發現他們其實是各種細菌病毒，由「瘟神」西王母的徒弟「右大夫」黎翠嚴格控管。

「黎翠說她姐姐『左大夫』黎青成天在外捕捉病毒，貓瘟這種小東西當然手到擒來！」

莫奈何喚來典獄官，聲稱自己有辦法醫治貓瘟。

消息立即向上轉報了好幾個層級，最後皇帝的旨意下來了，准許他們三人出獄，但要留下三個當人質。

「這皇帝恁地搞怪！」

爲了誰出獄、誰留下，六人傷透腦筋。

依照莫奈何的主意，還是想帶老同伴梅如是與櫻桃妖。

但櫻桃妖根本不想淌這渾水，梅如是則建議他帶上文載道。

「這個書呆子有什麼用？」莫奈何不屑。

「嗨，他的用處可大著呢，有學問、能考證，還能把學生教得死心塌地！」梳雲不無醋意，這幾天看見趙百合對文載道癡迷的樣子，使得她有點懷疑自己當初沒有想跟文載道做進一步發展，是不是一大損失？

「我很想去看黎翠，但我的作用不大。」梅如是做出最後決定。「小莫道長、櫻桃大姐與文大哥，是最佳人選！」

換在平常，櫻桃妖怎肯聽命於梅如是？但這個分派讓她跟兩個處男在一起。

哇！兩個咧！眞是賺到了！

「好吧，我就勉爲其難吧。」櫻桃妖裝出很不情願的模樣，心中可已經開始算計這趟羅曼蒂克之旅了。

冤家路窄

莫奈何等三人出了獄，先被帶到太后帳中報到。

皇帝耶律隆緒和他的弟弟耶律隆祐都可算是道教信徒，所以一見莫奈何的打扮，心裡就先信了八分：「道長法力想必高深，有勞了。」

櫻桃妖又當起了翻譯。

莫奈何拍胸保證：「些許小事，五日之內必定辦好。」

胡亂吹噓未畢，芝麻李假冒的韓德讓走了進來。

他聽說有人能治貓瘟，所以趕忙跑來瞅瞅，到底是何方神聖想要戳破自己的好事，不料此人居然是莫奈何，當下新仇舊恨齊湧心頭。

在崑崙山一役中，他被斷去一臂，莫奈何雖然不是原兇，但仍屬於仇人一夥，現在又來搞破壞，孰可忍孰不可忍？

只是他沒能認出櫻桃妖的粗壯大娘化身，櫻桃妖也沒想到他會以這種身分在這裡出現。

蕭綽虛弱的笑著：「讓讓，寶貝們有救了！」

「是是是，老天保佑！」芝麻李假做歡欣。「我帶他們去做準備。」

芝麻李把他們帶回自己的營帳，在沒防著的當口，身子一轉，登時變了臉：「莫奈何，你還認得我嗎？」

「芝麻李？你居然沒被除掉？」

「你給我連本帶利的還來！」

芝麻李一把抓向莫奈何頭顱，他這爪子已有一萬多年搓洗各種東西的資歷，其威力之強大，連鋼鐵都能搓成粉屑。

櫻桃妖見勢危急，出於直覺反應，竟忘了恐懼，從後面一拳擊上芝麻李後背。

芝麻李被打得心臟生疼，這才發現這大娘原來是櫻桃妖。

「妳這妖怪叛徒，可好自己送上門來！」回身猛攻櫻桃妖。

「小莫，快逃！」櫻桃妖一邊後悔自己如此莽撞孟浪，一邊仍拚盡全力與芝麻李周旋。

芝麻李有萬年以上的道行，櫻桃妖只有七千年，哪會是他的對手，只有節節敗退的分兒。

莫奈何知道自己留下來也沒用，扯著文載道逃到帳外。

文載道嘆道：「小妖怪挺有義氣的！」自從在夏侯寨中見到鑿齒之後，他方才相信世上真有妖怪，只沒想到竟有如此之多，連遼朝大臣都被掌控！

莫奈何略一思忖，便逕直奔向前幾天掩藏飛車的草堆。

「我們不管櫻桃了啊？」文載道邊跑邊問。

「就憑我倆管得了嗎？櫻桃決計凶多吉少！」莫奈何把「野鷹一九七」從雜草堆裡拉出來。「現在的當務之急就是去百惡谷調救兵！」

寶鏡重光

溫源谷內的光燄一天盛似一天。

其餘的八面太陽鏡都擺脫了千年桎梏，逐一浮出潭面。

太陽使者把它們打撈上岸。「終於又合璧了，從此我們天下無敵！」

八個人帶著八面鏡子如飛離去。

防火鳥

「野鷹一九七」一路向西疾駛。

到了晚間不辨方向，只得在一處山頂降落，順便生火造飯，療饑果腹。

莫奈何想起櫻桃妖奮不顧身、捨命救己的情義，止不住流下上千滴歉疚的淚水。

「早知道就不帶她出獄了！」

忽然，一大群怪鳥「加加加」的叫著從黑暗中奔出，一起跳到營火上歡躍舞蹈。

莫奈何、文載道都傻了眼：「這些笨鳥是怎麼了？不怕被燒死？」

細看這些體型肥碩的鳥，每一隻都有兩個頭、四條腿，羽毛半紅半黑，在火上跳動許久，居然片羽不損。

莫奈何怪道：「牠們好像根本不怕火？」

文載道想了想：「《山海經》的〈西山經〉內有云：翠山，其鳥多鸓，其狀如鵲，赤黑而兩首四足，可以禦火。嗯，原來這種鸓鳥的羽毛可以防火。」

莫奈何皺眉思索半日，忽然猛地一拍巴掌：「既然能防火，一定就能防日曬囉？」

「呃，也許吧。」

莫奈何伸手抓住一隻鸓鳥，那鳥倒也不掙扎。

「對不起，借你的毛一用。」

莫奈何每拔下一根羽毛，那鳥便叫一聲「加」。

「既然你說加，我就再加了。」

莫奈何亂拔牠們身上的羽毛，使得那群鸓鳥全都變成了禿雞。

但過沒多久，又全都生出新羽，「加加加」的跑到火上跳舞去了。

大胖妹

飛車落在百惡谷內「百惡教」的總壇前。

所謂總壇，其實只是一棟簡陋的小木屋，一個異常肥胖的婢女正蹲在外頭洗衣服。

莫奈何上前行了一禮：「煩請姑娘通報右大夫黎翠，括蒼山道士莫奈何求見。」

那婢女把他倆上下一瞅，冷哼道：「瞧你們這副小鮮肉的樣子，就知道你們不是什麼好貨！」

焦躁不堪的莫奈何止不住怒火直衝：「我看妳這團肥肉也好不到哪裡去！」

那婢女冷哼道：「可現在，小鮮肉有事情要拜託這團肥肉，這團肥肉卻沒事情拜託小鮮肉。」

莫奈何一怔，暗忖：「眞是個惡僕！」

文載道趨前一禮：「小莫道長不懂禮數，萬望姑娘恕罪則箇。」

那婢女冷哼道：「右大夫正在忙，不見客。」

莫奈何忍怒道：「我是右大夫的熟朋友，她一定會見我的。」

那婢女冷哼道：「那可不見得。」

一個鋸子般的聲音從屋內傳出：「讓他們進來吧。」

莫奈何朝那胖妞做了個嘴臉，帶著文載道走了進去。

一個老婦人正坐在小火爐前燉著一鍋不知什麼東西。她滿頭灰白相間的亂髮，臉上的皺紋比刀疤還要扭曲醜陋，最嚇人的是她那雙眼睛，混濁的眼白配上寒光閃閃的瞳孔，犀利的眼光之中沒有半絲屬於人類的溫暖，只充滿了無盡的厭憎與嫌惡！

文載道瞟見她面前的鍋中之物，黃褐黏稠，臭到讓人作嘔，而她居然舀了一杓，放入嘴裡，吃得頗為香甜。

文載道被這幅恐怖景象嚇得差點膀胱失禁，往後直退。

莫奈何悄聲道：「別怕，其實這右大夫是個大美女。裝出這副鬼樣子，是為了要鎮壓谷裡的那些病毒細菌。」

文載道這才鬆了口氣：「可把我鎮壓得死死的！」

黎翠品嘗完了藥汁，轉對莫奈何笑道：「小莫哥，怎麼這麼快就來了？聽說你們在崑崙山大獲全勝，恭喜你們囉。」

莫奈何唉道：「才過一關，又遇一關，這關更麻煩！」

黎翠道：「怎麼說？」

莫奈何道：「我們想找妳姐姐左大夫黎青，不知要到哪裡去找？」

「你們找她做什？」

「想請她幫個忙。」

那婢女仍蹲在門外洗衣服，冷哼道：「我看你們別做夢了。」

莫奈何怒道：「就妳這肥肉話多！」

那婢女冷哼道：「這肥肉的話若不多，你們就更麻煩了。」
黎翠笑道：「姐，人家有正經事，妳就別跟人家作耍了。」
莫奈何楞住了。
這團肥肉就是左大夫黎青？姐妹倆怎麼差這麼多？
文載道又陪笑：「早知姑娘必非常人。」
黎青冷哼道：「我是團肥肉，當然不是常人。」
黎翠道：「小莫哥，我姐就是這樣，別在意。你有什麼事，快說吧。」
莫奈何把整件事情說了一遍，特別強調：「櫻桃命在旦夕，所以我們的動作一定得快！」
黎青冷哼道：「快什麼？抓貓瘟是我分內的事，但若要我救那妖怪，我可不幹！」
莫奈何一直緊繃著的情緒頓時潰堤，一屁股坐倒在地，大哭起來。
黎青冷哼道：「幹嘛哭成這樣？難道那妖怪是你老婆？」
黎翠勸道：「姐，那櫻桃妖跟我有一面之緣，人挺好的。」
黎青冷哼道：「那妖怪『人』挺好的？這文法對嗎？」
「唉喲，別廢話了，妳快去嘛！」
黎青不情不願的準備出發，黎翠因爲負責看管谷中的細菌病毒，不能離開半步，無法同行。

文載道悄聲說：「可惜沒能看見黎翠姑娘的眞面目。」

莫奈何嗐道：「你還是別看的好，否則你又忍不住要跟她講課了！」

甜食大胃王

黎青光是準備自己的隨身物品，就花了大約三個時辰。

她先搬出了兩大桶葡萄汁、兩大桶哈密瓜汁、三大桶酸梅湯，已把飛車裝滿了一半；再又搬出二十箱芝麻酥糖、二十箱花生酥糖、二十箱紅豆軟糖、三十箱鳳梨酥……

莫奈何抗議道：「妳再多搬來一件，我這飛車就飛不起來了！」

黎青冷哼道：「誰叫你的車子這麼爛？」

好不容易出發了，還沒飛上百尺高，黎青就吃完了三包鳳梨酥。

文載道笑道：「姑娘好胃口。」

黎青冷哼道：「我的胃口是好是壞，干你什麼事？」

半刻鐘後來到長安上空，黎青冷哼道：「降落。」

「幹嘛？」

「這裡的拔絲香蕉最好吃。」

莫奈何嚷嚷：「拜託，救人要緊！」

黎青冷哼道：「不讓我吃，我就不去！」

莫奈何只得順她的意。

黎青一口氣吃了十五大盤黏得住老鼠、甜得死人的香蕉。

文載道嘆道：「我光是看著，眼睛都快黏起來了。」

黎青冷哼道：「誰叫你的眼睛這麼差？」

好不容易重新上路，飛到開封上空時，黎青又冷哼道：「降落。」

「又怎麼啦？」

「城西的獅子糖不能不吃。」

黎青捧了七大袋脆糖回來，吃得滿天空都是滋滋嘎嘎的聲音。

文載道笑道：「下面的人還以爲要下冰雹了哩。」

飛到幽州上空，黎青又要降落：「這裡有一種水蜜桃，入口即化，非吃不可。」

文載道好心提醒：「妳這麼愛吃甜食，難道不怕得糖尿病？」

黎青冷哼道：「我的尿是甜是酸，又干你什麼事？」

莫奈何暗笑：「她專門抓細菌病毒，全不知她自己的肚子裡都是病！」

搾一杯櫻桃汁

韓德讓帳中正要舉行一場盛宴。

芝麻李把櫻桃妖放進盛滿水的木桶裡，起勁的搓洗著，一邊還哼著小調。

櫻桃妖被他搓得哇哇叫：「你搓個什麼勁兒呀？要吃快吃！」

芝麻李猛搖頭：「我才不吃呢。」

櫻桃妖剛鬆一口氣，芝麻李又笑道：「要搾汁，當然得先洗乾淨。」

櫻桃妖嚇得屁滾尿流：「你要把我搾成汁？」

「是啊，櫻桃汁很好喝的哩。」

櫻桃妖暗自沮喪。「本來答應出獄，是想弄那兩個處男，不料反而落得這種下場，眞是報應！」

芝麻李把韓德讓從大床底下提了出來：「今天是你最後一天，給你個特別優待，賞你一杯世上獨一無二的櫻桃汁，你要不要加糖？」

韓德讓這幾天被折磨得不成人樣，哪還有心情喝什麼果汁？

只聽一個聲音冷冷道：「我不但要加糖，還要加一點點奶油跟檸檬。」

芝麻李警覺回身：「什麼人？」

一個肥胖大妞走了進來，冷哼道：「浣熊妖，你要做怪便罷了，爲何在人間散播疾病？」

芝麻李不是細菌病毒，根本不知西王母手下的左右大夫，見她是個胖妹，便存了輕視之心，笑道：「瞧妳這身形體態，還是少喝甜水為妙。」

黎青冷哼道：「我就是愛吃甜，從早吃到晚，我胖我的，肉又沒長到你身上去，你囉唆個什麼勁兒？」

櫻桃妖再笨，也知道是救星來了，忙叫：「對對對，我寧願被妳一口吞下去，也不要被他搾成汁！」

芝麻李開始不耐煩了：「妳趁早給我滾出去，要不然我就把妳這身肥肉拿來搾成豬油！」

黎青冷笑一聲，一抖右手就是兩根金針射向芝麻李雙眼。

她與妹妹黎翠乃西王母第三百零五代徒弟，都只是凡人，但因有西王母神符加持，不怕妖魔鬼怪，一身功夫又已臻化境，尤其飛針劫穴，奇準無比。她知道芝麻李是個妖怪，沒有穴道可扎，便以他的眼睛為目標，因為妖怪的精魄多半凝聚在眼睛部位，正是罩門所在。

芝麻李低頭躲過，右爪倏探，反打黎青小腹。

黎青雖胖，身子卻靈活得很，像個大肉球似的蹦起老高，右手手腕一轉，兩支金針就飛了回來，原來針尾帶有細線，可以收發自如；再一抖手，又是兩針射向芝麻李眼睛。

芝麻李心想：「只是兩根小針罷了，怕它做什？」右掌猛伸就想去抓針。

黎青冷哼道：「大海撈針。」

肥胖身軀滴溜溜的一轉，針與線同時旋轉，差點把芝麻李的右臂纏住。

芝麻李驚出一身冷汗：「這玩意兒可難對付！」

又聽黎青冷哼道：「針鋒相對。」雙手齊揚，這回可是七支金針同時射出。

芝麻李只剩一隻手，擋得了左，遮不了右，被這一陣猶若織布機帶動穿梭的快針，鬧了個頭暈眼花。

黎青冷哼道：「一針見血！」

嘴裡吐出第八根針，一針正中芝麻李左眼。

芝麻李痛得鬼叫連聲，一爪抓破大帳，就想往外逃。

黎青冷哼道：「你還沒開刀呢。」反手擲出一柄手術刀般的小刀，刺入他右膝。

芝麻李瞎了一隻眼、傷了一條腿，狼狽逃離。

莫奈何衝入帳中，先把櫻桃妖從木桶中抱出來：「妳還好吧？」

「好可怕哦！我差點變成了一杯果汁！」櫻桃妖抱著他放聲大哭。「小莫，還是你對我最好了！」

「我眞怕妳被他吃了！」

兩人哭成一團。

黎青掃視大帳，冷哼道：「還不出來？」

那毛溫躲在帳腳暗處，聞言只得乖乖爬出，黎青伸出兩指把他拎起，塞入一支白翠玉瓶裡，蓋上蓋子。

文載道緊接著走入，笑道：「黎青姑娘的本領如此高強，能否打敗那九個太陽使者？」

黎青這會兒可不冷言冷語了，她咧開胖嘴，尖聲嚷嚷：「拜託，我最怕熱啦！」

又得一個國師

黎青留給莫奈何一些符，便走了。

莫奈何把那符貼在每一隻貓的背上，過不了多久，貓兒們的肛門就拉出了一個個綠毛茸茸的小東西，用火燒了，大遼境內的貓瘟從此絕跡。

梅如是、梳雲、趙百合三人當然馬上就被釋放出獄，奉爲上賓。

櫻桃妖命令貓妖去侍候太后：「反正你吃了睡、睡了吃，待在哪兒都一樣。」

貓妖倒也情願：「這裡的羊肉挺合我口味。」

太后與婢女們都喜歡得不得了。「好可愛哦，就像一顆球！胖到沒有脖子咧！小心別的貓欺負牠喲！」

太后蕭綽因此得以延壽半年，於年底薨逝；至於韓德讓受此驚嚇，得了個氣虛心悸之病，過沒兩年就病死了，此皆乃後話不提。

耶律隆緒冊封莫奈何爲國師，給他鑄了個大印，與那「夏國國師」的大印湊成了一對兒。

接下來的大事，便要按照原定計畫迎娶趙百合爲妃。

這夜，莫奈何正要就寢，聽得帳外哭哭啼啼，出去一看，竟是文載道抱著趙百合在那兒難分難捨，趙百合的大嗓門哭得哇哇哇，文載道則像在吟詩，哭得唏唏唏。

趙百合拉住莫奈何道：「小莫國師，你去跟耶律隆緒講，我不嫁他，我要嫁文郎！」

「可已經變成文郎了。」其實，莫奈何心中並不願意看到他倆配成一對，因爲文載道與顧寒袖既是小同鄉，又是好友，還並稱爲江南二大才子，而趙百合……

本書最短的一章

趙百合曾經在顧寒袖面前大跳脫衣之舞！

莫奈何的糾結

這是什麼事兒嘛這是？

雖然那時顧寒袖是具行屍，現在根本不會記得此事，但終究，好不尷尬！

莫奈何猛搔頭皮，又聽帳棚的另一邊響起呼叱之聲：「小莫，你給我出來！」卻是焦急不堪的梳雲。

「你到底要不要幫我的忙？要不然現在就教我駕飛車，我自己走！」

莫奈何嘆道：「走走走，每次當上國師之後，就要開始逃亡，我可眞命苦！」

喚醒梅如是與櫻桃妖，一起坐上飛車離去。

射日

當其他八名太陽使者登上太白山頂的時候，旭陽仍在那兒靜坐唸咒。

後至的八個人各據方位，加入唸咒的行列，從天際間又飛來了八隻怪鳥，各自馱起一面太陽鏡飛上天空。

十道強光交織成一整片火網，當頭罩下，使得高麗國境內的田野一片焦黑，遍地都是農民的屍體，許多木造房屋都燒了起來。

劍神呂宗布早已進入高麗國境，一路行來，眼見各種慘狀，心中萬分不忍。「若依夢中宗布大神所言，我要等到金致陽篡位成功之後才出手，不知已有多少老百姓命喪妖陽之下，這怎麼可以？宗布大神未免太狠心了！」

從天而降的烈焱反而熄滅了他心中的復仇之火，被仇恨矇蔽的心逐漸澄明起來。「我練劍是爲了行俠仗義，如今卻成了助紂爲虐的兇手，這豈是我輩俠義中人所當爲？」

他當然也會想起梳雲，那個潑辣女孩的身影時時縈繞在他心頭，讓他悔恨不已。

他終於下定決心，登上太白山巔。

太陽使者看見他，原本連理都不想理，但忽一眼瞥著他背上的那把紅色大弓，不由得緊張起來。

「他竟取得了神弓？」

呂宗布二話不說，彎弓搭箭，一箭射向最靠東方的太陽鏡。

那箭迅若流星、強似閃電，逕朝天上飛去，眼看就要射中太陽鏡，那馱鏡怪鳥猛一探爪，竟把箭綽住了。

呂宗布忙再射最靠西方的太陽鏡，結果還是一樣。

太陽使者哈哈大笑：「后羿神弓不過爾爾！」

呂宗布也大感意外。「神弓竟然射不下妖陽？」

烈陽站起身子，伸了個懶腰：「那日未曾和你交手，今日倒要領教一下。」

呂宗布扔了弓箭，反手拔出太阿神劍，一連串十七劍逕刺烈陽面門。

烈陽喝道：「烈日炎炎！」

高舉雙掌猛往下砸，一股滾燙的焚風當頭捲下，但那熱度似乎比初次與旭陽、朝陽等人交手時的掌力都低了許多。

原來在唸咒語的同時，太陽使者的精魄都附到了太陽鏡上，使得他們本身的功力大爲減弱。

饒是如此，呂宗布仍覺得大火捲裹，整張臉都快被燒焦了。

烈陽一招遞完，即刻退下；輕陽無聲無息的欺身直進，趁著呂宗布雙眼還無法識物，一招「白駒過隙」就搶走了他手中之劍。

夕陽緊接著躍出，一掌斜劈他頸項。

這招「夕陽西沉」是太陽神掌中殺傷力最強的一招，被掌風稍微掃到都必死無疑。

危急間，一柄飛刀從空中射下，直奔夕陽後背，使得他不得不回身格擋。

「野鷹一九七」有若造物者畫出的一條最優美的曲線，從天空掠下，貼近地面時，梳雲探出身子，一把將呂宗布拖上飛車，再以三個迴旋之姿，消失在雲端裡。

情話不多說

呂宗布的臉被曬脫了一層皮，身體其餘的部位都無大礙。

梳雲徹夜照顧他，坐在床邊，用莫奈何、文載道帶回來的鸝鳥羽毛，織出了兩件衣服。她的腦海裡一直浮現他倆在夏侯寨併肩作戰，在井邊喁喁細語的情景，淚水不禁一滴滴的掉在羽衣上。

半夜裡，呂宗布醒過來了，見到梳雲，滿懷歉疚，簡直不敢抬眼看她。

梳雲跟他說起，他的夢境都是俞啖至派妖怪假造的，呂宗布更是慚愧萬分：「我竟被奸人玩弄於股掌之上，眞是蠢極了！梳雲，我是個自私自利的小人……」

梳雲摀住他的嘴，抓起他的手：「你不用再說這些。你今天孤身犯難，就是天下英雄都做不到的行爲！」

呂宗布坐起身子：「我明天再去跟他們拚個同歸於盡！」

梳雲苦笑著一搖頭：「其實這不干你的事，你不需要……」

呂宗布反過來抓住她的手：「不，妳的事就是我的事！」

有些時候，情話不用多說，當兩人依偎在一起，連穿彼此心臟的電流比任何言語都來得眞實與美好。

翌日一早，兩人準備就緒。

「還要請小莫道長用飛車送我們去太白山。」

梅如是、文載道、趙百合、櫻桃妖等人全都坐上去了，他們都沒說什麼，只是想送他倆最後一程。

文載道跟梳雲的交情最深厚，但他學問再好，此刻也說不出一句恰當的話。

「野鷹一九七」來到太白山腰。

梳雲道：「把我們放在這裡就好，我們準備偷襲，打他們個出其不意。」

這是唯一、僅存的戰術。

梅如是把腰上的梅紅寶劍解下，遞給呂宗布：「這劍還管用。」

呂宗布深深一禮：「多謝梅姑娘，來生奉還。」

來生奉還！

呂宗布說得如此輕淡，不知情的人不曉得裡面蘊含了多少悲壯。

飛車飛起，眾人向下俯瞰純白色的山腰上那兩條慷慨赴義的身影，止不住淚水盈眶。

他又要考證了

莫奈何駕著飛車漫無目的的在空中盤旋，大家的腦中也都盤旋著同樣的問題：「奇怪，那神弓怎麼會沒有用呢？」

不知過了多久，文載道猛然想起了什麼，用力敲打自己的頭：「笨笨笨，笨死了！」

「你怎麼啦？」趙百合緊張。

「根據史書記載，后羿有好幾個，眞正射日的那個是帝堯時的射官，帝堯派他射下九日，天下始泰定；而我們在軒轅之墟找到的那一把弓，應是夏朝梟雄后羿的弓，當然無法射日了！」

趙百合拍手道：「還是文郎高明！」敬佩之情溢於言表。

梅如是道：「你的意思是，還有另外一把神弓？」

「理當如此。」

趙百合忙道：「那你快考證一下，能夠射日的神弓會藏在哪裡？」

文載道道：「《山海經》裡屢次提到九顆太陽之時，都會提到扶桑木。〈海外東經〉上說：湯谷上有扶桑……居水中，有大木。〈大荒東經〉中則說：上有扶木，柱三百里，其葉如芥，有谷曰溫源谷，湯谷上有扶桑木，一日方至，一日方出，皆載於鳥。凡此記載都不離那棵巨大的扶桑木，所以……」

「弓就藏在樹上？」眾人一起大叫。

文載道道：「神弓神箭爲了要鎭住潭底的太陽鏡，理應就供在太陽鏡的上方！」

「但是，溫源谷在哪裡呢？」莫奈何急問。

「我跟梳雲公主離開夏侯寨趕赴高麗國途中，在路上的飯館遇到了一個從黑齒國移民來的店小二，他說黑齒國遠在千里之外，所以我們那時覺得根本到不了。」文載道從懷裡取出那店小二畫的地圖。「但現在有了飛車，可以即刻來回！」

這是什麼弓？

「野鷹一九七」加足馬力，一路飛過大人國、君子國、朝陽之谷、青丘國、黑齒國……冷不防，一棵巨大的神木已出現在眼前。

飛車先繞著山頂大樹轉了一圈，清楚望見下面山谷中的山泉、水潭冒著熱氣白煙。

「下面就是溫源谷，所以就是這棵扶桑木了！」

飛車從大樹根部開始旋繞，一直巡查到樹梢，始終沒有發現什麼東西。

櫻桃妖忽然打了個哆嗦，直往莫奈何的葫蘆裡鑽：「好銳利的氣！」

莫奈何道：「應該就在這附近！」

眾人凝神細看，好不容易才發現千萬根樹枝之中，有一根怪模怪樣的枯枝。

莫奈何攀爬上樹，一伸手把那枯枝拿了起來，果然眞是一把弓。

但這弓實在太不起眼，短短小小，全不似那把紅色大弓的威武炫目，而且老舊腐朽，彷彿一拉就會斷掉似的。

弓旁邊的樹身上嵌著九支箭，也同樣年深日久，連隻青蛙都射不死的樣子。

莫奈何此時已顧不得許多，取了弓箭，跳回飛車上，敲敲葫蘆問道：「櫻桃，這可是神弓、神箭？」

櫻桃妖大叫：「把它們拿遠點，我快受不了啦！」

莫奈何心中篤定，立即掉轉飛車車頭，飛往高麗方向。

大暴動

高麗首都開城街頭已亂成一團。

金致陽又站在高台上大聲疾呼：「我們一定要逼迫昏君退位！大家拿起武器，攻入皇宮！」

百姓們抄起各種工具，成群結隊的向王宮進發。

國君王誦在太廟中祭拜完歷代祖先，舉起刀來想要自殺。

決戰時刻

太陽使者的咒語唸得起勁，沒人注意兩隻大鳥一樣的東西悄悄登上山頂。

呂宗布、梳雲兩人披著由鸓鳥羽毛織成的衣服，掩到他們背後，首先就撲向最靠東方的旭陽。

太陽使者還沒搞清楚這兩個怪東西是什麼，呂宗布手裡的梅紅寶劍就已刺穿了旭陽的右臂。

同一時間，梳雲兩柄飛刀射向朝陽。

朝陽反應雖快，仍被突如其來的小刀射中右肩。

旭陽負傷，左掌一招「旭日東昇」攻向呂宗布。

但這回，熾熱的掌風捲上呂宗布的身體，卻沒有發生任何作用，鸓鳥羽毛織成的衣服擋住了火一般的攻擊。

「可惡，大家一起上！」

太陽使者暫且擱下唸咒的活兒，聯手攻向敵人。

他們的功力雖然都已大減，呂宗布、梳雲又有鸓鳥羽衣防身，但九人合擊的威力實在太過強大，十幾招之後，呂宗布就被打得口噴鮮血，倒在地下。

梳雲趕來救援，也被斜陽打倒。「妳就等著看妳的王兄被百姓分屍吧。」

旭陽恨極，忍著右臂傷痛，舉起左掌就朝呂宗布頭顱擊落。

驀然間，一個巨大的東西飛撞過來，把他撞開了十幾丈遠。

是「野鷹一九七」！

飛車順勢降落，莫奈何把神弓、神箭高高拋出。

「這才是射日神弓，用這個射他們！」

呂宗布伸手接住，想要拉開弓弦，他本是射箭高手，有著可以拉開上百石硬弓的臂力，哪知這弓雖小，弓弦竟硬得像根鋼絲，怎麼拉也拉不開。

太陽使者睹狀，哈哈大笑，又見那弓腐朽不堪，更是鄙夷：「這是從哪裡找來的爛弓？」懷著戲耍的心情，也不急著出手了。

梳雲心知自己也一定拉不開，但忽然靈機一動，奮力把弓箭拋還過去，叫道：「文載道，你有一顆黃金般純眞的心，你試試看！」

趙百合也叫：「這是你考證出來的，唯考證者居之。」

莫奈何撿起弓，塞在文載道手裡：「死馬當成活馬醫，你就射射看吧！」

文載道從未射過箭，連弓箭的頭尾都分不清楚，顫抖著連聲道：「我怎麼行？我怎麼行？」

趙百合出身夏國皇族，騎射的本領可不差，趕緊教他如何開弓搭箭：「拇指這樣、食指那般，右手如抱嬰兒，左手如托泰山。」

文載道用兩指捏著弓弦，輕輕一拉，那弦竟然就開了！

眾人興奮大嚷：「眞命箭神原來是你！」

文載道雖搭上了箭，內心思緒紛雜莫名。他是個書生，從未有殺人的念頭，想起自己一箭就會殺害一條人命，他就想吐，止不住渾身抖顫，根本射不出去。

太陽使者見他那副熊相，愈發狂笑。

旭陽又一腳踩住呂宗布的胸膛，想要將他斃於掌下。

梳雲急得大罵：「你快他媽的射啊！」

文載道心忖：「這箭是射日的，不應該射人。」

腦中一旦撇開了殺人的念頭與血淋淋的畫面，頓覺輕鬆安心許多，對準最東邊、屬於旭陽的太陽鏡，一箭射去。

這箭的去勢並不迅猛，卻像長了翅膀，輕巧巧的飄向半空，愈飄愈高、愈飄愈遠，馱著太陽鏡的怪鳥也很輕視這箭，全未興起防禦之念，但下一瞬間，箭尖已觸及鏡面，「噹」地一聲脆響，鏡面轟然爆裂，宛若節慶日的煙火，連同那隻怪鳥一起，在天上炸成了一顆大火球！

太陽使者全都呆掉了。

旭陽緊接著打了個哆嗦，身體虛軟，跌坐在地。他的精魄都附在太陽鏡上面，鏡子一破，他幾乎就變成了廢物。

呂宗布翻身跳起，一劍刺入他胸口。

莫奈何、梅如是等人齊聲歡呼：「今日又見射日英雄！」

文載道這會兒可有精神了，一箭連著一箭，從東邊射到西邊，朝陽、明陽、豔陽、正陽、烈陽、輕陽、斜陽……依序爆炸。

太陽使者四散奔逃，怎躲得過呂宗布、梳雲的聯手追殺。

梳雲邊殺邊罵：「我看你再怎樣日麗風和！你再日正當中給我看啊！」

最後只剩下了夕陽，但文載道太高興了，一箭胡亂射出，只射中鏡面右側。

夕陽的右臂緊跟著血流如注，負傷而逃；天上的太陽鏡則流出大量金色的汁液，遁往西方山下。

大陽小陽墜玉盤

金致陽率領成千上萬名百姓逼近高麗王宮。

守衛王宮的禁軍不願屠殺百姓，遲疑了一番之後，大開宮門。

就在這時，天空傳下連串巨響，百姓們仰首看見那些可惡的太陽一顆顆落下，當即歡呼出聲，全都放下了手中武器。

高麗群臣奔入太廟，奪下王誦手裡的刀。

君臣一起走出太廟，望著天上的八顆太陽如同殞星般紛紛墜落，自是喜出望外。

金致陽見勢不妙，頭一低，就想溜。

原本進攻王宮的百姓們反而圍住他，拳腳齊下。

金致陽的身影被淹沒在愈聚愈多的人群之中。

受傷太陽的下落

激戰過後的太白山頂異常寧靜，每個人都躺在地下喘息。

呂宗布終於緩緩站起，取回了自己被太陽使者亂丟在地下的太阿神劍，然後走向梅如是，把梅紅寶劍還給了她：「這柄劍絲毫不遜史上最有名的寶劍，梅大師將來一定還會有更精彩的作品出現！」

「呂大俠過獎了。」梅如是臉上一紅，心中悸動。能夠得到武林三大劍客之一的稱許認證，她發展鑄劍志業的心意就更堅定了。

梳雲起身做了個四方揖：「謝謝眾位英雌英雄拔刀相助！」又亂揉文載道的臉皮。「文大俠，你好厲害喲！」

文載道敬謝不敏，並苦笑著說：「不過一個多月，我不但修好了腦袋，還變成了箭神？唉，人生眞奇妙！」

莫奈何道：「可惜被他們逃掉了一個。」

文載道又恢復考證者本色：「根據文獻記載，受傷的那一顆太陽，血流乾了，就會變成月亮。」

命運之鑰

天上掛著兩個月亮，月亮中各有一隻兔子，一隻是頭上打著蝴蝶結的母兔子；另一隻是公兔子，正急吼吼的用玉杵搗著不知什麼藥。

梳雲與呂宗布依偎在池邊的涼亭裡，文載道與趙百合則坐在池邊釣魚。

這裡是高麗國招待外賓的「順天館」，氣派豪華。

莫奈何喜孜孜的捧著一顆大印走了過來：「這可是第三個國師了。」

王誦因為他領導的「射陽兵團」建立殊功，當然立馬封他為「高麗國師」。

櫻桃妖在葫蘆裡嘟嘟囔囔的罵道：「什麼都不會做，結果每次得利的都是你！」

涼亭裡，梳雲從懷中掏出一把鑰匙交給呂宗布，並嬌羞的附在他耳邊說了幾句話。

呂宗布捏著鑰匙，呆住了。

池邊的文載道則憂心忡忡：「百合，妳逃婚回國，妳王兄難道不會責怪妳？」

趙百合笑道：「你有后羿神弓，夏國國人歡迎你都來不及！你這駙馬爺是當定了！」

趙百合不時偷偷瞟向涼亭，忽又悄聲問著：「文郎，你說實話，你是不是曾經喜歡過她？」

文載道不住乾咳：「只是有點懷念她的酒……」

趙百合高興的甩出釣竿。

那釣線失了準頭，飛入涼亭，正好把呂宗布手中的鑰匙鉤走，掉入池中。

梳雲焦急大喊：「喂！那鑰匙只有一把！」

月亮裡，急吼吼的公兔子把玉杵搗斷了，自己也頹然倒地。

殺死一個惡夢

呂宗布又行走在桃林中。

宗布大神牽著巨虎小黃在桃樹下等待。

「呂宗布，你好大的膽子，竟敢違背我的指令？」

呂宗布冷笑道：「眞正的宗布大神，我不敢不敬奉，但你是個什麼東西？」

「反了反了！小黃，吃他！」

大老虎撲了過來，呂宗布只把腳在地上一跺，那老虎就被震裂成無數碎片。

宗布大神一縮脖子，轉身就想逃。

「造夢妖，你騙得我好苦！」

呂宗布趕上前去，掐住他脖子，把他的臉扭轉過來。

沒有五官的臉上，浮現一幅五馬分屍的圖畫。

呂宗布笑道：「你倒是很能預見自己的命運。」

又開五指，把那張畫紙似的臉孔扯得稀爛。

窗外月光如夢，呂宗布從夢中醒轉，安心的笑了笑，確定自己以後不會再遭受惡夢的侵擾了。

仲夏夜之美

天下第一莊的氣氛仍跟往常一樣寧謐祥和。

「天地玄黃宇宙洪荒」八個不同等級的賓客吃完了晚飯，從八個不同等級的餐廳內走出，打著不同等級的飽嗝兒，呼吸著同樣等級的仲夏夜的溫溼空氣。

右腿受傷的芝麻李一拐一拐的從天字號餐廳內走出，因爲瞎了一隻眼，行走更爲顚躓，老是偏向一邊，不時撞到柱子碰到樹。

負責莊內所有事務的總管單辟邪笑臉迎人的喚住他：「老弟，這趟任務辛苦你了。」

聽見這滿含溫暖的問候，芝麻李哭得像個娃：「那個死大夫，又用針刺我，又用手術刀割我，我怎麼這麼倒楣呀？我……」

「倒楣是免不了的呀。」單辟邪安慰的說著，忽然臉一板，將手一伸。「把你天字七十八號的號牌給我。」

芝麻李楞住了：「爲……爲什麼？」

「俞莊主認爲你應該去荒字號。」

天地玄黃宇宙洪荒，荒字是最低一級！

單辟邪取出一面新號牌，在他面前一晃：「這是你的新編號，荒字第一千九百七十八號。」

芝麻李嘶聲抗議：「你們怎麼可以這樣對待我？我沒有功勞也有苦勞，你們……」

「你可以不同意，但日出之前就必須打包走人，敝莊決不阻攔。」

不提芝麻李賴坐在滿是鮮花的庭園裡，踢蹬著左腳，整夜號啕，那景象太悲慘了，實在不忍描述。

單說大廳中，俞啖至的舉止依舊優雅，儀態依舊迷人，整個人依舊像座玉雕，他罕見的沒有喝茶，而在飲酒。

「唉，勝負乃兵家常事。」他優雅的舉起杯子，喝下一口酒，臉上泛起超然物外、超凡入聖、超脫一切的遺世飄逸之氣。「常事而已啊，沒什麼大不了的。」

一隻小燈蛾飛呀飛的，撞上了他白玉般的臉，他一揮手把那小蛾打在地下，然後猛地蹦跳起身，舉腳亂踏：「連你也來欺負我？我踩死你！我踩扁你！我踩爛你！」

他的叫聲持續了大約三個多時辰，令這片美好平靜的莊園多添了一些些人氣。

尾聲

上個月，東京開封的「黑磨巷」裡新開了一家鎖店，老闆不知打從何處來的，技藝挺不錯，不管什麼鎖都打得開，但過不了多久，竟有傳言說他從前當過響馬。

這日一早，他剛剛開門營業，一名美貌的姑娘就笑嘻嘻的走了進來。

「大南瓜，你還認識我嗎？」

諢名大南瓜的老闆嚇了一大跳：「姑娘，妳怎麼……」

「你還記得，那日在翻山豹的賊窩裡，差點打開了我身上的鎖？」

「記……記得……」

「那你就快他媽的繼續啊！」那姑娘大吼。「我已經成婚啦！」

——全文完——

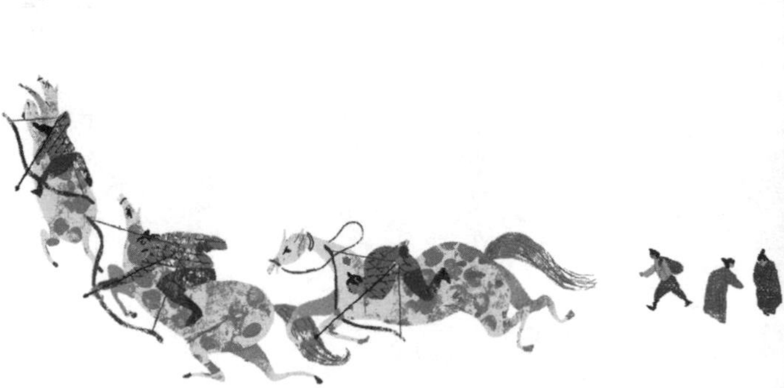

補遺

宋朝街坊市井上的空拍機

郭箏

創作者難爲。

大部分的創作者都像一株曼藤植物，慢慢的沿著石壁往上爬，好不容易碰到了一個著力點，就緊緊攀住不放，生出根來纏住它，也不管這著力點是好是壞。把這個纏完了之後，再繼續往上尋找另外一個完全不相干的著力點，所有的努力重新再來一遍。

創作者當然永遠都要保持實驗性與獨特性，不能成爲工廠的生產線。但蔓藤式的生產方式，確實能把年輕飛揚的生命熬耗成一堆灰渣，爬得再高也不會變成一棵大樹。

於是聰明的創作者發展出縱向與橫向的思考，縱向的就成爲大河系列式——《哈利波特》、大仲馬的《三劍客》等等；橫向的就成爲單元連續式——「福爾摩斯」、「衛斯理」、「楚留香」等等。

這兩者相同的地方在於，主要、次要人物都是一樣的，最不相同的地方在於，大河式的人物關係會轉變，哈利最終沒有和妙麗配成對；單元連續式的人物關係則不能改變，福爾摩斯和華生總不能突然變成了仇人或同志，就算某一個單元發生了這種情形，也要在這個單元的結尾讓人物關係回復原狀，否則讀者若漏掉了一個單元沒看，後面就莫名其妙了。

除了這兩種常見的系列之外，另有一個奇才創造出第三種系列，而他竟被臺灣的出版界長期忽略了——巴爾札克。

此人是十九世紀法國的小說大師，他創造出一種「人物再現」的技法，就像一部空拍機在當時的巴黎上空盤旋掃描，某一部的主角是A，早上出了門，跟雜貨店老闆B聊了一會兒天，再往下走，跟擦鞋匠C起了衝突，打了一架……直到本篇故事結束；空拍機繞了一圈回來，對準雜貨店，另一部的主角則變成了B，他站在店前跟擦鞋匠C閒聊了幾句，然後走向市中心，他的故事又如何如何；空拍機再次迴旋，照著擦鞋匠C，他又如何如何。

我的理解不曉得對不對，因為當我大量耽讀翻譯小說的民國六十年代，在臺灣只找得到兩本巴爾札克的小說——《高老頭》與《邦斯舅舅》，而他的《人間喜劇》系列則有九十一部之多！

這種空拍機式的技法一直迷惑著我，彷彿有著一種造物主的權威與快感。

幾年前，偶然得到了一個可以發展這種系列技法的機會，植基於一部奇怪的古書《山海經》。

這本書乍看之下有點無聊，多半都是哪裡有座山，哪裡有條河，山上、河裡出產些什麼東西。然而細看之下，才會發現其中蘊藏著不少寶藏，許多寫得很簡單的故事都極具戲劇張力。幾千年來竟無人好好的延伸一下，空置這座寶山於虛無荒漠。

但如果只寫神仙與妖魔戰鬥的故事，肯定乏味，又像極了電腦遊戲，所以當然得加入人的質素，讓它變成人、神、妖共同組成的故事。

我所面臨最大的問題是，如何把這些碎片連綴起來？大河式與單元連續式都不管用，用十九世紀法國小說大師的技法來演義中國最古老的神話，僅只這念頭就讓我興奮不已。

巴爾札克的《人間喜劇》於焉從記憶底層浮現。

我當起了空拍機，把時空座標設定在西元一〇〇九年的宋朝，《山海經》裡的崑崙山眾神重出世界，與凡人交織演出一幕幕的悲喜劇。

之所以把背景放在宋朝，是因爲我覺得宋朝是最具現代感也最引起我興趣的朝代。唐朝的城市仍處於中古時期，首都長安雖然雄偉，但市民階級尚未形成，居民都是皇族、政府官員、禁衛軍與他們的家眷。一座大城包著一百零八個小城（就是所謂的坊），走在一百五十公尺寬的「朱雀門大街」上，只能看見一堵堵的坊牆，根本瞧不見坊內的市況與住家，如果拍起電影，還真不知要怎麼拍；入了夜，便禁止任何活動，商店關門、居民禁足，換句話說，夜戲只能在家裡上演，外頭啥也沒有。

宋朝的城市則一派現代作風，自有〈清明上河圖〉為證，商店開在了大街邊，夜市林立，商業繁榮，科技高度發展，市民階級開始崛起，訟師滿街跑，市民得閒便去「勾欄」看戲聽歌，或「捶丸」為樂，也就是打高爾夫球，或「蹴鞠」競賽，也就是踢足球，連女子都可以組隊參加，表演各種花招。他們還喜歡談論「十二星宮」，閒極無聊的蘇東坡替兩百多年前的韓愈算命，算出他與自己同是魔羯宮，所以同樣顛簸終生。

宋朝皇帝的寬容親和更是超邁古今中外。隨便舉個例子，《宋史．儀衛志》記載，皇帝出巡，百姓不須跪拜迎接或迴避，閒雜人等甚至會跟著皇帝的鑾駕亂走，大呼小叫、大驚小怪，來到繁華的市街上，也不禁止士庶站在樓上憑欄俯瞰，難道不怕他們扔磚頭或破鞋子下來？

宋仁宗時，有一個大臣宋庠覺得實在太沒規矩了，便參酌漢唐古禮，制定了一大套嚴格的規範，豈料宋仁宗一看，認為過於嚴苛擾民，完全不予採用。如今號稱民主社會的各國領導者的車隊，能不汗顏？

至於一〇〇九年，中原並無大事，但周邊的國家卻都發生了重大的變化——北方的「大遼」，掌政二十多年且頗為傑出的蕭太后薨逝；東北的「高麗」發生政變，國君王誦險被奸臣金致陽篡位，他急召大將康肇平亂，之後仍被康肇所弒；南方的「大瞿越」（現在的越南北部）也發生政變，泉州人李公蘊推翻了「黎朝」，建立「李朝」；西南的「大理」則是先皇駕崩，新皇繼位。

以往的歷史、神怪或武俠小說，背景泰半以中原爲主，我有意拓寬視野，把我的空拍機架在由小道士莫奈何駕駛的「奇肱國」飛車上，飛在天上看世界，因爲《山海經》裡提到許多民族的起源，若能描繪出遼闊的空間感才符合《山海經》的風格。

只希望古老的經典能夠煥發出新的光彩，被人遺忘的神明能夠找到回家的路。

國家圖書館出版品預行編目(CIP)資料

大話山海經：顫抖神箭 / 郭箏著 . -- 初版 . --
臺北市：遠流，2018.09
面；　公分 . --（綠蠹魚；YLM23）
ISBN 978-957-32-8326-3(平裝)

857.7　　107010899

綠蠹魚叢書 YLM 23

大話山海經：顫抖神箭

作　者／郭　箏

總 編 輯／黃靜宜
執行主編／蔡昀臻
封面繪圖、設計／阿尼默
美術編輯／丘銳致
行銷企劃／叢昌瑜

發 行 人／王榮文
出版發行／遠流出版事業股份有限公司
地　址：104005 台北市中山北路一段 11 號 13 樓
電　話：（02）2571-0297
傳　真：（02）2571-0197
郵政劃撥：0189456-1
著作權顧問／蕭雄淋律師
2018 年 9 月 1 日　初版一刷
2021 年 6 月 1 日　初版二刷
定價 250 元

ISBN 978-957-32-8326-3
遠流博識網 http://www.ylib.com　E-mail: ylib@ylib.com